Ronald Potzies, geboren 1933 in Berlin, erlebte seine Kindheit mit zwei Brüdern in einem harmonischen Familienleben. Es folgten die Kriegs- und Nachkriegszeit mit den turbulenten Ereignissen von damals. Als Jugendlicher erlernte er das Malerhandwerk und legte als Erwachsener die Meisterprüfung ab.

Seit 50 Jahren ist er nun glücklich mit seiner Frau Christel verheiratet und hat zwei erwachsene Töchter und zwei Enkel. Die Musik mit der Posaune hat Ronald Potzies immer begleitet. Seine Maxime lautet daher: Ohne Musik ist das Leben ein Irrtum. – Und erst recht ohne Gott, fügte er später als bekennender Christ hinzu.

Heute im reifen Alter ist er ein selbstbewusster Zeuge von Jesus Christus. In dem Buch schildert der Autor, mitunter im typischen Berliner Dialekt, von spannenden Kindheitserlebnissen, aber auch von seinen Erfahrungen im Erwachsenenalter als gläubiger Christ.

Ick bin een Berliner, da kieckste, wa?

Lebenserinnerungen
von Ronald Potzies

1. Auflage 2011
© 2011 Ronald Potzies, Berlin

Titelbild und Umschlaggestaltung: Ralf Nolting, Berlin
Lektorat, Satz und Layout: Katja Potzies, Berlin
Herstellung und Verlag: Books on Demand GmbH, Norderstedt
ISBN: 978-3-842-37100-2

*Dieses Buch widme ich
in großer Dankbarkeit
meiner lieben Frau Christel,
die immer an meiner Seite steht
und die ich von ganzem Herzen liebe.*

*Mein besonderer Dank
gilt meiner Tochter Katja,
die mir mit vielen Anregungen
und Geduld bei der Fertigstellung
dieses Buches geholfen hat.*

*Auch Ralf Nolting danke ich
für die fachliche Unterstützung
bei den Fotografien und
der Umschlaggestaltung.*

Inhaltsverzeichnis

Kindheitserinnerungen

Katja blickte auf und sah ihren Vater an.

„Sag mal Papa, wie bist du eigentlich auf die Idee gekommen, dein Leben aufzuschreiben?"

Ich schloss die Augen und versuchte mich zurückzuerinnern. Es war ja schon eine ganze Weile her.

„Dit muss 2006 jewesen sein. Als ick im Kloster eene Woche Zeit zum Nachdenken hatte, da kam mir der Jedanke uff een Mal. Aber dit erzähl ick dir 'n andermal. Wir fang'n jetz' erstmal an."

1937

Mein Großvater Paul Richter war ein waschechter Berliner und kannte sich in der Stadtgeschichte bestens aus. Durch die vorgegebene Lebensform war dessen Arbeiterfamilie politisch natürlich rot ausgerichtet. Man wählte SPD. Und so mutet es widersprüchlich an, dass die christlichen Feste wie Ostern und Weihnachten mit Freude und nachdenklichem Ernst begangen wurden. Für den Lebensunterhalt mussten seine Kinder zusätzlich mitsorgen. Früh um 4.00 Uhr und das zweite Mal am Nachmittag nach der Schule trugen sie in der Siedlung Lindenhof die Zeitung aus. An Weihnachten gab es dann von den Abonnenten auch mal ein Extrageld von zehn bis fünfzig Pfennig. Welche Freude!

Mein Vater August kam wegen der Arbeit aus Schmels bei Memel in Ostpreußen nach Berlin. Er hatte für Deutschland „optiert" und musste seine Heimat verlassen. Zuerst hatte er bei Borsig geschafft. Dann bei der BVG im Gleisbau und später als Wagenwäscher. Straßenbahnschaffner und Fahrer waren die nächsten Stationen. Auf dem Straßenbahnhof Spandau, Pichelsdorfer Straße, wurde er dann Betriebsrat und später Verkehrsmeister. Ab solchen Posten musstest du in die Partei. Die NSDAP, Nationale Sozialistische Deutsche Arbeiter Partei. Ich kann hochachtungsvoll von meinem Vater sagen: Er hat sich vom Pferdekutscher zu Hause zum Aufseher bei den Berliner Verkehrsbetrieben hochgearbeitet.

Durch Paul Richter, der auch bei der Bahn tätig war, lernte er meine Mutter, Margarete Krautschick, kennen. Sie war ein uneheliches Kind meiner Großmutter Alma. Ein Pastorensohn war verantwortlich für diese wunderbare, meine Mutter, die wir später liebevoll nur noch Grete nannten. Paule Richter hat sie dann adoptiert und vier Geschwister folgten: Ilse, Gerhard, Gerda und Heinz machten die Familie komplett.

Viele meiner Kindergeschichten erlebte ich bei Oma und Opa im Lindenhof, einem Ortsteil von Schöneberg-Tempelhof. Besuche dort zogen sich dann bis spät in den Abend hin. Ich war so gerne dort, dass sich vor der Heimfahrt der Schlaf oder auch Bauchschmerzen einstellten. Also blieb ich dort. Dann kochte Oma Lindenhof Tee und meine Krankheit wurde auf dem Küchensofa über Nacht dort auskuriert.

Im ersten Weltkrieg verlor mein Opa den rechten Arm, und so war er als Weichensteller am Spittelmarkt beschäftigt. Sie bedienten so die noch nicht elektrischen Weichen an bestimmten Kreuzungen mit der Hand. Die Angestellten hatten ein Unterstellhaus nach Art der Soldaten-Wachhäuschen.

Meine Mitmenschen sind bestimmt erstaunt über den Jargon, der oft bei mir überwiegt. Aber zuweilen bin ich richtig stolz, dass ich den Berliner Dialekt fast fehlerfrei beherrsche. Es heißt ja: *„Der Berlina sacht immer ‚mir‘, ooch wennet richtich is!"*

Ortswechsel. Zu Hause in der Pichelsdorfer Straße in Spandau spielte Onkel Gerhard den Weihnachtsmann. Während der Geschenkaktion rutschte es mir heraus: „Der hat ja den gleichen grünen Stock wie unser Besenstiel!" Am Schluss meinte ich: „Papa, gib doch dem Weihnachtsmann mal ein Schnäpschen!"

Wir wohnten gegenüber vom Straßenbahnhof. Das entsetzliche Quietschen der Gleise vom Rangieren der Waggons klingt mir noch heute in den Ohren. Aufgrund dieser Wohnlage hatte mein Vater zuweilen drei Mal am Tag Dienstbeginn. Dort in der Pichelsdorfer Straße bewohnten wir eine Zwei-Zimmer-Wohnung: Schlafzimmer, Wohnzimmer und Küche. Die Küche war praktisch unser Spielzimmer. Damit die Jungen regelmäßig frische Luft bekamen, blieben die Fenster immer offen. Es konnte nichts passieren, denn Helmut und ich waren noch zu klein und reichten noch nicht einmal ans Fensterbrett. Mutter unterhielt sich eines Tages ungestört vor der Wohnungstür im Treppenhaus mit der Nachbarin

Die Brüder Helmut und Ronald Potzies an Weihnachten 1937.

Frau Diek. Plötzlich tauchte jemand atemlos von der Straße im ersten Stock auf und meldete, dass regelmäßig Bauklötzer aus unserem Fenster flögen. Um die Gefahr von den vorbeilaufenden Passanten abzuwenden, war ein Polizist schon dabei, die Straße abzusperren. Zum Glück konnte meine Mutter den wütenden Beamten besänftigen und brachte auch die Bauklötzer wieder mit nach oben…

Wenn es uns in der Küche zu langweilig wurde oder meine Mutter den Platz zum Kochen brauchte, mussten wir uns etwas anderes überlegen. Eines Tages – es war warm draußen und die Fenster standen wieder einmal offen – versteckte ich mich im Schlafzimmer hinter dem Frisierspiegel. Als meine Mutter eine Atempause bei der Hausarbeit machte, merkte sie, dass ich nicht da war. Sie fing an, mich zu suchen, konnte mich aber nirgends finden. Als sie die offenen Fenster sah, bekam sie panische Angst und fürchtete, ich sei aus dem Fenster gefallen. Laut rief sie nach mir. Als ich die Angst in ihrer Stimme bemerkte, tauchte ich aus meinem Versteck auf und versprach sofort: „Mutti, ich tue es auch nie wieder." Die Erleichterung in ihrem Gesicht sehe ich noch heute vor mir.

Das Jahr neigte sich dem Ende, der Jahreswechsel nahte. Helmut und ich waren ganz aufgeregt, denn Silvester war ein ganz besonderes Ereignis. Natürlich wollten wir die bunten Raketen am Himmel vom Fenster aus betrachten. – Das konnten wir uns doch nicht entgehen lassen! Unser Vater war da jedoch ganz anderer Meinung und schickte uns ins Bett.

Schließlich war es schon spät und wir waren ja noch kleine Steppkes. Meine Mutter hatte jedoch ein Einsehen und ließ uns für ein Weilchen das Schauspiel am Himmel verfolgen. Als mein Vater zur Tür hereinkam und dies sah, verpasste er ihr doch tatsächlich eine schallende Ohrfeige! – Ein Erlebnis, das mir noch Jahre später nahe ging und mich lange nicht los ließ.

Auch das wöchentliche Treiben der Müllabfuhr verfolgten Helmut und ich regelmäßig durch die Fenster. Zwei kräftige Männer trugen einen großen, viereckigen Kasten mit viel Getöse vom Lastwagen auf den Hof. Immer wenn das passierte, riefen wir uns zu: „Alle an die Fenster, die Bumser kommen!" Schließlich gab es damals noch keinen Fernseher, und die einzige Abwechslung bot oft nur der Blick nach draußen. Das Leben auf der Straße spielte eine noch viel größere Rolle als heute. Auch der Austausch mit den Nachbarn, Klatsch und Tratsch, gehörten dazu. Natürlich hielt sich auch unsere Mutter regelmäßig auf dem Laufenden. Eines Tages stand sie wieder einmal im Treppenhaus, um die neuesten Neuigkeiten in Erfahrung zu bringen. Für mich war das die Gelegenheit! Ich ließ Helmut auf dem Mülleimer Platz nehmen und nahm behutsam eine Handvoll Asche aus dem Porzellantopf in der Küche. Dieser Topf hatte es mir schon länger angetan und endlich erhielt ich die Gelegenheit, es dem Friseur um die Ecke gleichzutun. Auch dort wurden die Damen mit wundersamen Cremes und Pudersorten behandelt und jedes Mal, wenn eine von ihnen den Laden verließ, trat sie mit einer anderen Haarfarbe aus dem Salon. Das konnte ich auch. Ich vermischte die Asche mit etwas Wasser – so hatte ich es mir abgeschaut – und nach und nach glich Helmuts Kopf einer Feuerkugel. Als meine Mutter von ihrem Schwatz im Flur zurückkam, war sein Haupt knallrot und die Küche komplett verstaubt.

Für uns Kinder waren die Besuche unserer Tanten immer mit gemischten Gefühlen verbunden. Vor allem, wenn es sich um Tante Anna handelte. Die Schwester meines Vaters wollte uns gerne zu wohlerzogenen Kindern machen. Ihre Belehrungen in allen Ehren, aber meine Sache war das nicht. An einem Tag im Sommer ging sie mit uns in den Südpark. Der Südpark bot sich für solche Spaziergänge immer an, da er nahe gelegen war und wir dort die Enten füttern konnten. Tante Anna hatte sich diesmal in den Kopf gesetzt, uns gute Manieren beizubringen. Sie wollte uns gerne zeigen, wie man „Guten Tag" sagt.

„Du nimmst die rechte Hand, stehst ganz gerade und schaust mir dabei fest in die Augen", erklärte Tante Anna. „Wenn du deine Sache gut machst, bekommst du auch einen Groschen von mir." Groschen hin oder her, das Ganze erschien mir einfach zu dumm. Ich ließ sie stehen, pfiff auf den Groschen und rannte zu den Enten, die mir deutlich interessanter schienen als die Rollenspiele meiner Tante. Und außerdem war ich nicht käuflich, soviel war schon einmal klar!

1938

Nicht nur wir Kinder fürchteten uns vor Tante Anna. Auch meine Mutter hatte ihre liebe Not mit ihr. Öfter, als ihr lieb war, fuhr mein Vater zu seiner Schwester ins „Hotel Süd-Ost" in der Brückenstraße. Dort, nahe der Jannowitzbrücke, waren auch seine anderen vier Geschwister regelmäßig zu Besuch. Neben Anna traf er dann Lene, Mia, Franz und Willi. Damals ahnte noch niemand, dass Willi, sein jüngster Bruder, später im Krieg bei seinem ersten Einsatz als SS-Fallschirmjäger ums Leben kommen sollte.

Mein Bruder und ich fuhren schon früh alleine gen Osten zu Tante Anna. Wenn wir dann im Hotel bei ihr ankamen, halfen wir, die Gäste zu unterhalten und die Tische abzuräumen. Hin und wieder kam es vor, dass auch Schnapsgläser auf den Tischen standen. Neugierig wie wir waren, probierten wir dann die Reste daraus. – Und die Erwachsenen wunderten sich, dass wir zwei Jungs so guter Laune waren!

Schon als Kinder hatten mein Bruder und ich eine sehr harmonische Beziehung zueinander, die sich darin ausdrückte, dass einer dem anderen immer den Vortritt ließ. Keiner von uns beiden versuchte, sich in den Vordergrund zu stellen, sondern jeder ließ den anderen merken, dass er ihn gerne mochte. Unterstrichen wurde dieser Gleichklang darin, dass unsere Mutter uns oft die gleichen Kleidungsstücke anzog. So wirkten wir wie Zwillinge.

Ein anderes Mal war ich allein unterwegs nach Lindenhof. Dort war die Wohnung meiner Oma Alma in Schöneberg. Der Weg dorthin dauerte mehr als eine Stunde und war für mich jedes Mal eine kleine Weltreise. Meine Mutter setzte mich dann in die „58" und der Straßenbahnschaffner bekam den Auftrag, mich an der Endstation Nollendorffplatz in die

Straßenbahn Nr. 60 zu setzen. Dies tat er dann pflichtgemäß mit den Worten: „Dit is Aujust seiner, der fährt bis zum Schluss mit." Und da mein Vater ein bekannter Verkehrsmeister bei der BVG war, erreichte ich auch jedes Mal mein Ziel.

Die Berliner Verkehrsbetriebe boten den Beschäftigten noch andere Vorteile. So durften die Kinder der Angestellten zur Erholung nach Bad Pyrmont fahren. Dort erwarteten uns grüne Wiesen und gelbe Glockenblumen, die mich noch heute an den Film „Doktor Schiwago" erinnern. Allerdings hatte der Aufenthalt fernab der Heimat auch seine Tücken. So entsprach der Speiseplan dort nicht immer ganz unseren Essgewohnheiten von zu Hause. Helmut und ich tauschten immer heimlich unser Essen, wenn es Eier gab, denn die mochte Helmut so gar nicht. Zu Hause hatten wir dieses Problem nicht, denn da wusste unsere Mutter ja, dass sie damit Helmut keine Freude machte. Für mich war eher die anschließende Mittagsruhe ein Gräuel. Es war uns streng untersagt, zwischendurch aufzustehen und so schaffte ich es nie, so lange anzuhalten. Nach der Liegezeit befand sich prompt eine kleine Pfütze unter meinem Bett, was mir sehr unangenehm war. Zur Stärkung setzte man uns vor große Höhnsonnen, aber auch die halfen nicht.

Die Weihnachtsfeiern der BVG dagegen waren ein großer Spaß. Wir Kinder durften dann im Schöneberger Prälaten Platz an langen, gedeckten Tischen nehmen. Das eigene Blasorchester spielte Weihnachtslieder, und jedes Kind sang aus Leibeskräften mit.

Katja rieb sich die Augen. „Ich brauch mal 'ne kurze Pause, Papa."

„Na jut, hast ja recht, is ja ooch schon wieda kurz nach zehn."

Meine Tochter trank einen Schluck Wasser und fragte mich dann: „Ward ihr denn als Kinder oft bei den Großeltern?"

„Na klar! Oma Lindenhof bekam oft von uns Besuch. Eenmal bin ick mit Helmut zusammen nach Lindenhof jefahrn. Als wa beede bei Oma ankam', ham' wa jeklingelt. Oma öffnet die Tür und fracht mir: „Na, hast du den Frühling mitgebracht?" – „Nee", hab ick jesacht, dit is doch der Helmt. Helmt, sach doch, dass de nich der Frühling bist, sondern der Helmt!"

„Wie hieß denn deine Oma mit richtigem Namen?", wollte Katja wissen.

„Dit war Alma Richter."

Ich war sehr gerne bei den Richters. Mein Opa hielt im Garten ein paar

Hühner und Kaninchen. Wenn ich ihnen etwas zum Füttern bringen wollte und dabei aus Versehen auf ein paar Pflanzen trat, entschuldigte er das gegenüber meiner Großmutter mit den Worten: „Nu mecka nich, Alma, det wees der Kleene doch noch nich." Besonders gut erinnere ich mich noch, als ich in Opas Garten in den Himmel schaute und meinen ersten Zeppelin sah. Am Wochenende gab es mit Onkel Heinz und seinen Kumpanen oft Kasperletheater-Vorführungen.

Bei einer Straßenbahnfahrt mit meiner Oma nach Schöneberg packte mich die Neugierde und ich fragte sie: „Oma, nimm doch mal deine Zähne heraus!" Nachträglich frage ich mich, wie sie diese peinliche Situation überbrückte oder ob wir wohl an der nächsten Haltestelle ausstiegen?

Es war im Winter 1938. Es schneite stark und ich stand an der Bordsteinkante der Fahrbahn. Plötzlich rutschte ich aus und schlug der Länge nach hin auf die Straße. Auf einmal kam von links ein Auto herangefahren. Der Fahrer bremste, langsam rutschte der Pkw auf mich zu. Als er zum Stehen kam, konnte ich direkt über mir die Vorderachse sehen. – Ich blieb heil, denn Gott bewahrte mich!

Katja hatte mit dem Schreiben mittlerweile aufgehört. Gespannt hatte sie ihrem Vater zugehört:

„Gab es denn noch andere brenzlige Situationen in deiner Kindheit?"

Ich dachte kurz nach, dann erinnerte ich mich eine andere Begebenheit.

„Der Mussolini aus Italien kam nach Berlin zum Staatsbesuch. An 'na Heerstraße sollt'n Uffmarsch vorbeikomm'. Meen Vata hat mir mitjenommen zur Ecke Pichelsdorfer, da stand ick nu bei meen Vata zwischen de Beene und staunte üba die Parade von de janzen Soldatnkolonn'. Vorneweg marschierte ne jroße Musikkapelle. Und denn kam in 'ner offnen Limousine der Duce und jrüste de Menschenmassen am Straßenrand zu – mit da rechten erhobenen Hand zum Hitlerjruß. Uff eenmal schrie ick janz uffjeregt: „Papa, Papa, kieck mal, da kommt ja ooch der Kasper!" – Denn der Paradekönig hatte nämlich 'ne Mütze mit 'ner Bommel uff'm Kopp, wie die Puppe im Kasperletheater. Kaum hat ick meene Überraschung rausjeschrien, da hat mir meen alter Herr ooch schon die Gusche zujehalten. Dit muss een Schreck für ihn jewesen sein, und et hätte 'ne saftige Strafe setzen können. Doch zum Jlück jing meen Jeschrei inna Menschenmenge unter…"

Doch solche besonderen Ereignisse gab es natürlich nicht jeden Tag. Und so spielten wir in der Woche oft auf dem Hof. Zwei größere Mädels nahmen sich unser an. Der Puppenkram und andere Utensilien bildeten den Grundstock des Familiengeschehens. Ruth Haut war die Chefin der Gruppe, Helmut und ich als die Jüngsten mussten natürlich die Kinder sein.

Dann kam auch der Sonntag und somit unser richtiges Familienleben. Vormittags ging unser Vater zu Stöckert in der Pichelsdorfer Straße Ecke Adamstraße Billard spielen. Zur Mittagszeit fiel mir die unangenehme Aufgabe zu, unseren Ernährer aus der Kneipe zu holen. Da stand ich dann am Billardtisch und bettelte immer wieder: „Papa, komm nach Hause Mittagessen." Als Antwort erhielt ich die stupide Antwort: „Ja, gleich." Meine Mutter hatte es nicht leicht...

In diesem Jahr machten wir zum ersten Mal eine Reise nach Ostpreußen, in die Heimat meines Vaters zur Memel-Oma. 1.000 Kilometer von Berlin bis zum äußersten Zipfel Deutschlands an die Kurische Nehrung. Mit der Eisenbahn fuhren wir durch den „polnischen Korridor". So lange wir auf diesem Gebiet waren, durfte nicht fotografiert werden und die Wagenfenster mussten mit den Vorhängen geschlossen bleiben. Vom Memel-Hafen schipperten wir mit einem Ruderkahn über das Kurische Haff zur Nehrung herüber. Bei der Wanderung durch die Kieferschonungen konnten wir sogar Elche in freier Wildbahn beobachten. Ich erinnere mich auch noch genau an den breiten Strand und das Gefühl des feinen Sandes unter meinen nackten Füßen. Doch irgendwann war auch dieser Urlaub vorbei und wir fuhren zurück nach Berlin.

Dort erlebte ich in diesem Jahr eine besondere Veränderung in meinem Leben: Meine Einschulung in die Volksschule am Földerichplatz. Unsere Musiklehrerin Frau Sommer brachte uns in der ersten „Klecka" die Flötentöne bei. Mein bester Freund wurde Werner Rampke. Doch zu diesem Zeitpunkt ahnte ich noch nicht, dass uns die Musik auch viel später noch verbinden sollte. Es mag 1960 gewesen sein, als ich ihn in einer Band wiedertraf. Er war mittlerweile Schlagzeuger, ich spielte Posaune. Doch als Kinder war uns der Fußball zunächst wichtiger als die Flöte, und so trafen Werner und ich uns regelmäßig nach Schulschluss zum „Knödeln" mit einem Tennisball zwischen den Parkbänken.

1939

Wenn wir nicht gerade Fußball spielten, trafen wir uns nach der Schule im Stadtbad am Südpark. Der Eintritt kostete damals fünf Pfennige, ebensoviel musste man für eine Eiswaffel berappen. Und für den gleichen Preis bekam man bei Bäcker Gurke eine Tüte voll mit Kuchenrändern. Da fiel die Wahl oft schwer! Ein Wettstreit der besonderen Art war unter uns Jungs auch sehr beliebt. Alle Teilnehmer stellten sich an die Rinnsteinkante vor dem Haus auf, und jeder von uns versuchte im hohen Bogen so weit wie möglich zu pinkeln. Die Siegerweiten sind leider nicht mehr bekannt. Bei schlechtem Wetter mussten wir uns freilich etwas anderes überlegen. Dann verbrachten wir die Zeit in der Küche, wo am sogenannten „Bineck-Schrank", einem Erbstück von Vaters Kollegen, eine große Europakarte hing.

Es muss der 1. September 1939 gewesen sein, Adolf Hitler erklärte Polen den Krieg und meine Mutter fing an zu weinen. Immer wieder sagte sie: „Das kann nicht gut gehen." Sie sollte recht behalten. Der Krieg machte auch in unserer Familie nicht Halt. Mein Onkel Willi, der Bruder meines Vaters, war Fallschirmjäger bei der Waffen-SS. Bei seinem Heimaturlaub besuchte er uns und brachte uns ein ganz besonderes Geschenk mit. Er hatte uns maßgeschneiderte Langschäfter-Stiefel aus feinstem Leder anfertigen lassen und darin sahen Helmut und ich richtig groß aus! Auch mein Vater musste zum Militär. Er kam zur Kavallerie, vielleicht, weil er gut mit Pferden umzugehen verstand. Seine Kaserne lag in Fürstenwalde, wo meine Mutter, Helmut und ich ihn regelmäßig besuchten. In der Paradeuniform mit dem langen Säbel sah er richtig schnieke aus!

1941

Am 9. März 1941 wurde mein Bruder Manfred geboren. Als er zur Welt kam, waren wir dann zusammen fünf – mit den Eltern natürlich! Eigentlich sollte Manfred eine Susanne werden, weil auch schon der zweite Versuch, also Helmut, daneben gegangen war. Aber so spielt halt das Leben. Und

August Potzies 1939 in Uniform.

statt einer Susanne nahmen wir den dritten Musketier bei uns auf. Meine Mutter musste nach der Entbindung noch eine Zeit lang im Krankenhaus bleiben, und so hatten Helmut und ich das besondere Vergnügen, von einer weiteren Schwester meines Vaters versorgt zu werden. Entweder hatte Tante Mia einen Sparfimmel oder einen Gesundheitstick. Ohne dass großartig darüber gesprochen wurde, strich sie Fleisch und Wurst von unserem Speiseplan. Ihrer Meinung nach wurden wir nun endlich einmal gesund ernährt. Da unser Familienoberhaupt von dieser Veränderung offensichtlich nichts merkte und wir den Mund zu halten hatten, bekamen wir also Mohrrüben und Äpfel mit Zitronen und Zucker vorgesetzt. Das gute deutsche Bäckerbrot vervollständigte dieses tolle Menü. Alles dauert halt seine Zeit und so verging auch dieser böse Traum für uns.

Es wurde Sommer. Zu dieser Zeit fuhr der Sprengwagen auf der Fahrbahn regelmäßig seine Runden. Wenn es besonders heiß war, galt die künstliche Dusche als herrliche Erfrischung – man wurde von oben bis unten nass gemacht. Eine andere Form der Abkühlung brachte der Eiswagen. Er belieferte die umliegenden Geschäfte mit Stangeneis, denn Tiefkühltruhen wie heute gab es damals noch nicht. Die abgesplitterten Stücken, die beim Teilen der Stangen auf die Straße fielen, waren bei uns Kindern heißbegehrt. Wer eins abbekam, lutschte genüsslich an dem Gefrorenen.

Im Herbst trieben die Drachenparaden uns ins Freie. Fünf Minuten von unserem Zuhause in der Pichelsdorfer Straße liegt auch heute noch das Birkenwäldchen mit dem sich anschließenden „Weißen Sand", der sich bis zur Havel hinzog. Dort fand das Ereignis jedes Jahr auf's Neue statt. Für uns Kinder waren die übergroßen Prachtstücke, die in der Luft schwenkten, eine wahre Attraktion!

Mein achter Geburtstag nahte. Am 2. Oktober war es endlich soweit und als Geschenk erhielt ich ein paar Rollschuhe von meinen Eltern. Damals waren diese mobilen Geräte noch derart gebaut, dass vier Räder sich quasi in einem Rechteck zueinander befanden. Im Gegensatz zu heute, wo die Räder sich alle in einer Mittelachse hintereinander befinden. Aus Erfahrung kann ich sagen, dass vierrädrige Rollschuhe deutlich schwerer zu fahren sind als Schlittschuhe. Aber das störte mich zu dieser Zeit überhaupt nicht, die Rollschuhe waren eine Wucht! Das beste Pflaster für unsere Kunststücke fanden wir auf dem relativ glatten Bürgersteig vor den Häusern am sogenannten „Pferdehimmel" zwischen Bethke- und Wewerstraße. Noch heute kann man Skraffitti-Motive an den Giebeln der Wohnhäuser bewundern, die auf den damaligen Pferdemarkt dieses Areals hinweisen.

1942

Der Krieg kostete Geld, viel Geld. Und so wurde auch in Deutschland Geld gesammelt. Da gab es unter anderem das W.H.W., das Winterhilfswerk. Im Rahmen dieser Aktionen wurden kleine Ansteckplaketten verkauft. Die Helfer gingen auf den Straßen mit einem Karton voll der Figuren und

Motive und animierten die Passanten zum Kauf. In kurzen Intervallen wechselten die Arten der Billigschmuckstücke, was für uns Kinder eine willkommene Gelegenheit war, um die Leute anzubetteln. Sobald eine neue Serie herauskam, sprachen wir sie an und fragten: „Tante, schenkste mir deine alte Plakette?" Oft waren es auch Hitlerjungen, die mit der Büchse klapperten und die Anstecker für zwanzig Pfennige verkauften. Über dieses Sammeln entstanden damals auch Lieder, ein Text lautet so:

> *„Lumpen, Knochen, Silber und Papier,*
> *ausgeschlagene Zähne sammeln wir,*
> *Lumpen, Knochen, Silber und Papier,*
> *ja, das sammeln wir für Adolf."*

Das konnte den erwischten Sänger Kopf und Kragen kosten! Auch ein anderes beklemmendes Zeitgeschehen begleitete uns alle. Ich erinnere mich an die ersten Menschen mit dem gelben Stern auf der Kleidung und der Aufschrift „Jude". Fragen tauchten auf und wir wunderten uns, dass manche Parkbänke mit dem gleichen Symbol versehen waren. Eine Antwort auf die Fragen bekamen wir nicht.

Als der Winter kam, wurden die Heizmittel knapp. Wir heizten damals mit Kohle oder Holz, alles was brennbar war, wurde in den kleinen Ofen geschoben. Unsere Toilette befand sich im Treppenhaus, eine halbe Etage tiefer. Wir mussten sie uns mit den anderen Mietern aus dem Haus teilen. Damit die Rohre nicht einfroren, stellte man Koksöfen in die Nähe der Wasserspülungen.

Meine Mutter war natürlich diejenige, die sich um die Versorgung von uns vier Männern kümmerte. In dieser Zeit war es üblich, den frischen Spinat durch den Fleischwolf zu drehen, um das Gemüse mundgerecht zuzubereiten. Mutter Grete drehte den Fleischwolf und schob gleichzeitig den Spinat in das Gerät. Manfred saß auf dem Tisch daneben und verfolgte gespannt das Geschehen. Als sie eine Sekunde zur Seite schaute, ahmte mein Bruder die Handgriffe nach und schon war das Unglück geschehen. Das erste Glied des rechten Mittelfingers war ab! Sofort eilte meine Mutter mit Manfred zum Arzt, aber der Finger war nicht mehr zu retten. Trotz dieser Einschränkung sollte mein Bruder später die Klarinette spielen.

1943

Der Krieg nahm in diesem Jahr an Schärfe zu und es begannen die ersten Bombenangriffe der alliierten Luftwaffe auf Berlin. Es hieß also, die Koffer zu packen und die zweite Reise nach Ostpreußen anzutreten. Dort auf dem Lande war man vor den Flugzeugen weitgehend sicher. Die ärmste von Vaters Cousinen, Tante Pusche, nahm uns bei sich auf. Ihr Mann war – genauso wie Vater – im Krieg eingezogen. Der Wohnraum war sehr beengt und so schliefen wir zu acht in den Ehebetten: die beiden Mütter mit je drei Kindern. Tante Pusche mit ihren drei Jungen am Kopfende, meine Mutter mit uns drei Jungs am Fußende. In der Mitte des Doppelbetts streckten alle ihre Beine aus. Helmut bekam irgendwann Asthma und musste wegen der niedrigen Räume draußen vor dem Fenster im Freien schlafen. Ein französischer Kriegsgefangener war auf dem Hof als Knecht beschäftigt. Als Gegenleistung für unsere Unterkunft mit Essensversorgung übernahm unsere Mutter die Küchenarbeiten. Ihre Kochkünste wusste bald auch der Franzmann zu schätzen. Mit der Zeit konnte Tante Pusche uns nicht mehr alle durchfüttern. Sie besaß nur ein Pferd, zwei Kühe und drei Schweine. So kam Helmut zu Tante Lene nach Memel. Die Meeresluft bekam ihm offensichtlich gut, denn er konnte dort auch wieder besser atmen. Wir übrigen drei wurden bei Familie Michel Potzies, einem Cousin meines Vaters, untergebracht. Ich glaube mich zu erinnern, dass er einen Hof mit etwa 200 Morgen Land besaß. Auch hier gab es wieder viele Kinder. Eines von ihnen hieß Anna. Meine Cousine sollte ich erst 1990 bei einem Verwandtentreffen der Potzies-Sippe in Paderborn wiedersehen...

Mit meinen zehn Jahren war ich natürlich schulpflichtig und so ging ich nun in die Dorfschule. Doch statt in die dritte Klasse zu gehen, hatten wir Kinder alle zusammen Unterricht, von der ersten bis zur achten Klasse. Nach dem Alter geordnet saßen wir auf den Schulbänken. Aber diese neue Erfahrung war nur ein Erlebnis von vielen auf dem Lande. Einmal erlebten wir, wie die beiden zweijährigen Trakehner eine Erntefuhre auf dem Feldweg zur Landstraße als Verstärkung mitziehen mussten. Für mich nahte der große Augenblick. Der polnische Knecht gab mir Anweisungen. Den braunen Moritz mit heller Mähne, den ruhigeren der beiden, durfte ich aufsitzen. – Natürlich alles ohne Sattel! So ging es im verhaltenen Tempo heimwärts. Kaum hatten wir die Hofgrenze passiert, setzte mein „Blondi" auch schon an, und es ging im gestreckten Galopp über einen Graben. Ich flog über den Gaul. Wie man mir aufgetragen hatte, hielt ich gehorsam die Zügel fest. Ich lag auf dem Boden, das Pferd direkt über mir. „Lass die Leine los, sonst tritt dich das Tier!", brüllte der Pole. Endlich gab ich die Zügel frei, der Hengst stürmte davon und ich musste zu Fuß nach Hause laufen. Welche Blamage!

Nach einem Besuch bei Helmut in Memel fuhr ich allein mit der Eisenbahn Richtung Bauernhof. Es wurde Abend und ich schlief ein. Erst als ich an der Endstation angekommen war, wachte ich wieder auf. Der Zugschaffner nahm mich mit zu sich nach Hause. Zum Frühstück gab es Brot mit Pflaumenmus und einen Topf Milch. Das war natürlich ernüchternd im Vergleich zu dem fetten Essen auf dem Potzies-Hof. Nachdem ich mich gestärkt hatte, zeigte der Schaffner mir die Richtung und ich lief los über die Felder zurück nach Hause.

Alle Gehöfte der Verwandten lagen ganz dicht an der litauischen Grenze. Also wurde regelmäßig geschmuggelt. Der Grenzzöllner wurde auf dem „Scherus-Hof" mit Schnaps in Stimmung gehalten, bei Potzies' bekamen die Kinder aller Familien Waffeln gebacken und die „Spezialisten" hatten währenddessen an der Grenze zu tun...

Im Herbst 1943. Nachts heulten die Hunde zum Erbarmen. Mutter Grete sagte: „Zu Hause ist was los." Sie sollte Recht behalten. In Berlin verstärkten sich die Fliegerangriffe auf die Stadt, auch hier im Memelland, an der litauischen Grenze, hörten wir schon den Kanonendonner von der Ostfront. Unsere Familie packte ihre sieben Sachen und trat die Heimreise gen Westen an. Vater hatte gerade Heimaturlaub und wartete zu Hause auf uns. Kaum waren wir abends in der Pichelsdorfer Straße angekommen, legten wir uns noch im Trainingsanzug in die Betten. Es dauerte nicht lange, bis auch schon der erste Fliegeralarm losging. Wir mussten sofort in den Keller. Die Sirenen heulten und es herrschte ein großes Durcheinander. Plötzlich gab es einen gewaltigen Knall. Unser Haus war getroffen. Zuerst warfen die Flieger damals Brandbomben als Zielmarkierung. Erst danach folgten die eigentlichen Sprengbomben und zum Schluss folgte schließlich noch eine Luftmiene, die die Zerstörung komplett machte. Alle Bewohner unseres Hauses wurden verschüttet und über uns brannte der Trümmerhaufen. Wir hatten noch Glück im

Unglück: Unser Keller hatte ein Tonnengewölbe, so dass die Kellerdecke dem Druck von oben standhalten konnte. Ich erinnere mich noch gut, wie die Menschen um uns herum laute Gebete sprachen und um Hilfe riefen. Endlich kam die Hilfe. Vom Nachbarhaus brachen Männer eine Mauer durch und so konnten alle Bewohner einzeln durch das Loch in die Freiheit nach draußen gezogen werden. Nachdem alle gerettet waren, ging es darum, die letzten Habseligkeiten aus dem Haus zu holen. Wir standen auf der gegenüberliegenden Straßenseite, vor uns ein brennender Trümmerberg. Mein Vater und seine Kollegen von der BVG versuchten, einige Möbel aus den Flammen zu retten. Um sich Mut zu machen, tranken die Männer viel Schnaps und holten so die unmöglichsten Sachen aus dem Haus:

„Küchenjeräte, Stühle, eener hat vor lauta Panik ʼn Plätteisen rausjeworfen. Wir standen uff de andre Straßenseite und beobachteten die Hilfsaktionen. Nun warʼn wa ohne Dach überʼm Kopp. Zum Übernachten hamm se uns in die Parteizentrale der NSDAP jebracht. Schon am nächsten Tach wies man uns ne Drei'n'halb-Zimmawohnung im Perwenitzer Weg 13 zu."

1944

Die Fliegerangriffe in Berlin wurden immer stärker und so verließen wir unsere Heimat ein weiteres Mal. Diesmal ging es nach Spremberg, aus dieser Gegend kam unsere Mutter. Wir wohnten in der Bautzener Straße, im Hause des Landrats unterm Dach. Unsere Nachbarn, Familie Richter, halfen uns beim Einrichten des neuen Zuhauses. Jetzt, während des Krieges, war die gesamte Versorgung rationiert. Aus den Wäldern holten wir uns daher zusätzliche Nahrung. Mit Fahrrädern ging es auf Tour und wir ernteten Blaubeeren, Pilze und Heidelbeeren und wir waren froh, dass es bei Mutter Natur diese kostenlosen Leckerbissen abzuholen gab.

Eines Tages spielten wir Kinder im Stroh. Auch Helmut war mit dabei und tollte mit uns herum. Er wollte uns seinen Mut beweisen und sprang übermütig von einem hohen Strohballen herunter. Niemand konnte ahnen, dass er direkt auf einen großen Nagel treffen würde. Mutter fuhr sofort mit ihm ins Krankenhaus, um ihn verarzten zu lassen. Glücklicherweise ging die Sache glimpflich aus. Zurück blieb nur eine große Narbe auf der Stirn.

Spiele der anderen Art gab es auch in der Hitlerjugend. Dort sollten wir abgehärtet werden und nahmen daher an unterschiedlichen Geländespielen teil. Ich wurde regelmäßig verprügelt und deshalb sprach meine Mutter ein Verbot dagegen aus. Die Folge war, dass ich von der Stadtverwaltung keine Lebensmittelkarte mehr bekam, und so musste ich wieder hingehen und mich verprügeln lassen. Viel lieber wäre ich in den Fanfarenzug gegangen, wo man eine schmucke Uniform bekam und zu der Fanfare einen Wimpel. Unser Nachbarssohn Horst Richter war auch dort, aber leider blieb mir die Teilnahme versagt.

Im gleichen Jahr war das Attentat auf Hitler, das aber fehlschlug. Ich erinnere mich noch gut daran, weil in Spremberg die Hitlerjugend in offenen LKW's durch die Stadt fuhr und zu lautem Fanfarengeschmetter rief: „Heil, der Führer lebt!"

Im Sommer ging ich mit Helmut und meinen Kumpels in einem Tagebruch baden, der sich mit Grundwasser gefüllt hatte. Das Wasser war eiskalt. Das Ergebnis unserer gemeinsamen Aktion war, dass ich wochenlang an Gelenkrheuma litt und ich keinen Finger mehr bewegen konnte. In der Schule glaubten mir die Mitschüler nicht, dass ich nicht schwimmen konnte. Bei der nächsten Sportstunde ging es zur „Spree-Badeanstalt". Vorsichtshalber legte mein Lehrer mir einen Sicherheitsgurt um und dann musste ich in den Fluss springen. Zu meiner Überraschung und der aller anderen konnte ich plötzlich schwimmen! Schon beim nächsten Mal legte ich meinen Freischwimmer ab.

Trotz der Androhung von hohen Gefängnisstrafen hörten wir den Londoner Rundfunk unter der Bettdecke und erfuhren so den wahrheitsgemäßen Stand über das Kriegsgeschehen. Auch hier in Spremberg erlebten wir schwere Fliegerangriffe. Das Brummen der Flugzeuge am Tage und in der Nacht löste bei uns immer große Angst aus. Tagsüber verfolgten wir bei klarem Himmel die endlosen Formationen, die Richtung Berlin flogen. Beim nächtlichen Rückflug nahmen deutsche Scheinwerfer die alliierten Maschinen in Lichtkreuze, aber meistens flogen sie so hoch, dass die Flak den Feind nicht erreichte. Manchmal saßen beim Fliegeralarm Soldaten mit in den Kellern. Einige erzählten, dass sie viel lieber im Feldkampf dabei wären, da könne man sich wenigstens wehren. Andere Bewohner beteten laut zu Gott. Bei einem der nächtlichen Fliegerangriffe bekam auch das Landratshaus etwas ab und wir wurden bereits zum zweiten Mal verschüttet.

Spremberg wurde zur Festung erklärt, was soviel hieß wie: „Raus hier oder sterben." Die ganze Stadt brennt. Aus diesem Inferno reihen wir uns mit den letzten Habseligkeiten auf einem Damenfahrrad in den Treck ein. Meine Mutter ist zu dieser Zeit 34 Jahre, Helmut zehn, Manfred drei und ich elf Jahre. Wir laufen auf der Landstraße und schauen zurück. Die zweite oder dritte Heimat liegt im Tal, der Nachthimmel ist glutrot gefärbt. Wir müssen weiter. Auf einem Dorfplatz in der Nacht steht unsere Familie zwischen Panzern und Soldaten, die drohen, Mutter zu erschießen, weil wir im Weg stehen. Bloß weg hier und weiter durch die Nacht. Die Flüchtlinge auf der Straße weg von der Front. Die deutsche Infanterie rechts und links in den Straßengräben entgegengesetzt zur eingeschlossenen Stadt Spremberg. Russische Tiefflieger setzen Leuchtkugeln, der Nachthimmel ist plötzlich gleißend hell. Die Russen schießen von oben mitten in die Flüchtlingstrecks. Pferde gehen durch, alles ist ein völliges Chaos. Wir liegen im Straßengraben und der Morgen graut als der Angriff endlich vorbei ist. In einem Bunker bei Senftenberg finden wir Unterschlupf. Zeit zum Luftholen und Ausruhen? Weit gefehlt! – Ein russischer Panzer nimmt den Bunker unter Beschuss. In einer Feuerpause hetzen wir raus auf ein Feld wieder auf die Straße, Richtung Senftenberg. Eine Panzersperre vor der Stadt hält uns auf, kein Durchkommen möglich. Wir sind verzweifelt. Hier sind wir ganz allein, die letzten vom Flüchtlingstreck. Im letzten Moment schließlich lassen uns Menschen doch noch durch die Mauer in die sichere Stadt. Es wird langsam dunkel, in einem leer stehenden Haus finden wir ein Dach über dem Kopf. Völlig erschöpft und hundemüde legen wir vier uns in dem fremden Schlafzimmer in die Ehebetten. Plötzlich fliegt die Zimmertür auf! Ein Mongole steht mit gezogenem Revolver in der Tür und bedroht meine Mutter. Während er sich an ihr vergeht, stehen wir drei Jungs weinend daneben und müssen dabei zusehen. Danach ist nur Stille. Wir stehen alle unter Schock. – Das war mein schlimmstes Kriegserlebnis.

„Und wie ging es dann weiter?", fragte Katja ganz benommen.

„Also, in Senftenberg konnten wa ja nun nich bleiben und so jing et wieda zurück Richtung Spremberg. Im Dorf Jessen blieben wa een paar Tage und erholten uns von de Strapazen der verjangenen Wochen. Eenes Tages sah ick een russischen Soldaten, der verjeblich probierte, Fahrrad zu fahren. Nach een paar Fehlversuchen schmiss er dit Ding wütend innen Straßengraben und zoch fluchend davon. Ick erfasste die Jelegenheit und schnappte mir dit Rennrad. Dit war 'ne sojenannte Bahnmaschine mit Holzfelgen. Wat war ick sauer, als meene Mutta dit kostbare Stück jegen `nen Zentner Kartoffeln eintauschte!"

Als Kinder waren wir oft im Wald unterwegs und dort fanden wir eines Tages einen Karabiner, der war so groß wie ich selbst. Ich lud das Gewehr mit einer Leuchtpatrone und schoss voller Übermut in die Luft. Kaum hatte ich abgedrückt, flog ich schon durch den gewaltigen Rückschlag zu Boden. Zum Glück hielt ich die Knarre unter dem Arm, sonst hätte ich einen kräftigen Schlag an den Kopf bekommen.

Vom Dorf Jessen aus starteten wir vier den Rückweg mit den letzten Habseligkeiten. Ein voll beladenes Damenfahrrad begleitete uns über Spremberg nach Hornow. Dort hatte Tante Ilse, also Mutters Schwester, mit Cousine Bärbel bei Verwandten Unterschlupf gefunden. Von hier aus zog unser Zwei-Familien-Treck zu Fuß nach Cottbus zu Tante Ida und Onkel Paul Köllner. Da diese nur eine bescheidene, kleine Mietwohnung hatten, mussten wir alle weiterziehen.

Dieses dauernde Hin und Her auf den Straßen nach Kriegsende hatten wir als Kinder mehr als Abenteuer der besonderen Art empfunden. Meine Mutter und Tante Ilse als Verantwortliche zeigten natürlich nicht ihre Angst und Sorge, uns alle heil und unbeschadet nach Hause zu bringen. Ich möchte nicht wissen, wie viele schlaflose Nächte unsere Mütter deswegen zugebracht haben.

1945

Auch in Cottbus hielt es uns auf Dauer nicht, wir wollten zurück in unsere Heimat nach Berlin. Es war aber gar nicht so leicht, einen Platz auf einem der offenen Güterwaggons zu ergattern und erst nach mehreren Versuchen klappte es schließlich. Am Abend landeten wir in Berlin. Es war 22 Uhr, also Sperrstunde, und es war verboten, zu dieser Zeit noch draußen unterwegs zu sein. Von der Endstation liefen wir daher mit unseren zweieinhalb Familien auf Schleichwegen nach Tempelhof zu Tante Traute und deren Mutter, Tante Ilses Schwiegermutter. Ich erinnere mich nur noch an die endlosen Trümmerwüsten, die wir dabei durchquerten. Später pilgerten meine Mutter und wir drei Jungs weiter nach Spandau. Der Perwenitzer Weg 13 war wieder unser endgültiges Zuhause.

Auf den Birkenschulhof kamen die russischen Soldaten mit Panjewagen, das sind niedrige Wagen mit kleinen, zähen Pferden, und führten die Gespanne in einem Kreis zu einer Wagenburg. Abends brannte in der Mitte ein großes Lagerfeuer, wo an Spießen die Fleischbrocken brutzelten. Die Soldaten versorgten uns Kinder mit Essen und Trinken. Wir bekamen auch Wodka und Papiroska-Zigaretten. Zur Hälfte aus Tabak, zur Hälfte aus Pappe. Oder die Zigaretten wurden mit Papier der russischen Pravda-Zeitung und Machorka-Tabak gedreht. Und so fing ich mit elf Jahren an zu rauchen. (Nebenbei sei erwähnt, dass ich mir diese Angewohnheit erst nach mehreren Versuchen im Alter von 40 Jahren wieder abgewöhnen konnte.) Als wir Kinder gegessen hatten, fragten uns die „Iwans", ob wir denn auch Schwestern hätten? – Jetzt war „Organisieren" angesagt, die Russen nannten das „Zap-Zerap".

Es muss Juni oder Juli gewesen sein, als die russischen Streitkräfte wieder abzogen. Dafür besetzten die englischen Truppen Spandau. So wie Gesamt-Deutschland wurde auch Berlin in vier Sektoren aufgeteilt. Spandau gehörte zum britischen Sektor. Das Militär war unter anderem in der ehemaligen „Napola" (National-Politische Erziehungsanstalt) am Grüngürtel untergebracht. Sämtliche Gebäude – wie auch die Kantine – waren von einem drei Meter hohen Eisenzaun abgesperrt. Wir Kinder überwanden dieses Hindernis, um die Essensreste der englischen Soldaten von den Tischen aus dem Speisesaal zu ergattern.

Zäune waren für uns damals sowieso kein Hinderungsgrund. Schon gar nicht, wenn es um Fußball ging! Ich erinnere mich noch genau an das Militärländerspiel England gegen die Tschechoslowakei im Olympiastadion mit einem sagenhaften Elfmeter. Auch dabei gab es zuvor einige Hürden zu überwinden, doch es gelang uns nicht nur, die weiten Rasenflächen zu überqueren, ohne entdeckt zu werden, sondern auch hier den hohen Absperrzaun zu erklettern. Ins Olympiastadion hatten zu dieser Zeit nur die Alliierten Zutritt, also Amerikaner, Engländer und Franzosen, die sich beim Fußball heiße Wettkämpfe lieferten. Wir nutzten die Gelegenheit gleichzeitig zum Kippen sammeln und drehten uns von dem übrig gebliebenen Tabak neue Glimmstängel.

„Habt ihr denn die Zigaretten auch verkauft?", fragte Katja.

„Nee", erwiderte ich, „aber um unsa Taschenjeld uffzubessern, sammelten wa im Olympiastadion ooch leere Flaschen und Gläser. Wir krochen unter de Sitzbänke 'rum, während die Zuschauer uff's Spielfeld kiekten. Für eene leere Flasche jab's eene Reichsmark, für een Glas fünf. Ob die voll war'n oder nich, war uns ejal – uns jings nur um dit Pfandjeld. Als ick im Mitteljang vom Stadion een Ober vor mir sah mit 'n Tablett voller Biergläser, mobste ick von hinten an eene Ecke een Glas runter. Durch die Gleichjewichtsstörung verlor der Kellner die Balance, so dass ick erschrocken dit Glas wieda zurückstellte. Der hat jeflucht! Und ick hab jesehn, dass ick wegkomme..."

Zigaretten wollten wir auch für die Fahrt nach Ostfriesland mitnehmen, denn im Herbst wollte unsere Mutter Helmut und mich mit der „Aktion Storch" zum Aufpäppeln auf's Land schicken. Diese Aktion war eine Kinderlandverschickung, bei der die ausgehungerten Nachkriegskinder wieder aufgepäppelt werden sollten. Weil Manfred mit seinen vier Jahren noch zu klein war, sollte er zu Hause bleiben. Viele Gerüchte machten damals die Runde. So erzählte man sich, dass die Kinder angeblich verschleppt würden. Meine Mutter ließ sich nicht beirren und brachte uns zum Sammelpunkt in das Lager „In den Kisseln". Zum Abschied gab es dort für alle Kinder Grießbrei, wovon ich etliche Teller voll verzerrte. Das Aufsichtspersonal musste mich regelrecht vom Tisch wegzerren und in den Autobus verfrachten, so ausgehungert war ich. Beim Einstieg bekam jedes Kind zwei Paar Wurststullen, die ich bereits verschlungen hatte, kaum dass wir losgefahren waren. Mit den Bussen ging es zunächst bis nach Helmstedt, dann weiter mit der Bahn bis nach Aurich in Ostfriesland. Sechs bis acht Kinder belegten ein Abteil. Um mehr Platz zu schaffen, legte ich mich ins Gepäcknetz und schlief eine Runde. Doch mit der Ruhe war es bald zu Ende, natürlich wollten wir endlich die selbst gedrehten Zigaretten aus Kippentabak schmöken. Prompt erteilte unser Pauker, Papa Schulze, Rauchverbot. Er sollte uns die nächsten Wochen und Monate in Ostfriesland unterrichten. Erst als er selbst von unseren Selbstgedrehten welche abbekam, durften alle Piefkes rauchen.

Mitten in der Nacht kamen wir in Aurich an und wurden zuerst in die Entlausungsanstalt geschickt. Wir mussten uns bis auf die nackte Haut ausziehen, duschen und abseifen. – Furchtbar! Die gesamte Kleidung wurde desinfiziert. Anschließend ging es in englischen Militär-LKW auf die Dörfer. Helmut kam nach Eversmeer zu einer Frau mit einem Sohn. Ich landete bei Familie Jansen in Wilmsfeld. Dort hatte ich es sehr gut; ich schlief in einem Raum, wo alle Fleischwaren zum Trocknen hingen. Ich war so betäubt, dass ich nichts anfassen konnte. Auch über Weihnachten war ich nicht zu Hause und so schrieb ich meiner Mutter, dass ich im Schlaraffenland gelandet sei.

Der Sohn von Familie Jansen hieß Ulf und war genau mein Alter. Für mich war das ein enormer Glücksfall, denn so hatte ich gleich die besten Kontakte zur Dorfjugend und konnte viele Abenteuer mit den Einheimischen erleben. Im Winter gingen wir gemeinsam zum „Hechtedröhnen": Dabei standen die Fische unter der Eisschicht im kalten Wasser wie angebunden. Sobald man ein Tier gesichtet hatte, stampfte man mit einem Zaunpfahl auf das Eis. Durch den plötzlichen Knall war die Beute so betäubt, dass wir nur noch das Eis aufschlagen mussten und die Hechte in den Eimer werfen konnten.

Als der Winter vorbei war, kamen heftige Frühjahrsstürme auf, wo wir beim „Segelraften" mit dem Wind unsere Kräfte austesteten. Wir standen zu viert auf den zwei Meter hohen Feldbegrenzungen und hielten ein Leinentuch, das so groß war wie ein Bettlaken und an dessen Enden Seile befestigt waren, in den Wind. Mit aller Kraft stemmten wir uns nun mit Armen und Beinen in den Boden, um gegen den Sturm zu bestehen. Das Ganze war so anstrengend, dass wir abends fix und fertig in die Kissen sanken.

Der Frühling hielt noch weitere Aktionen bereit: Vogelnester ausräubern war angesagt. Die kleinsten waren die Spatzeneier. Etwa dreißig Eier hatten wir gesammelt, die anschließend in einer kleinen Pfanne auf einem Steinofen im Hof gebraten wurden. Die Minis sahen aus wie für die Puppenstube gebacken.

Eier satt gab es auch zu Ostern. Am ersten Feiertag verdrückte ich zum Frühstück ganze sieben Stück. Danach vertrieben wir uns die Zeit mit Eierschmeißen oder Eierstoßen. Beim Schmeißen warf man das

Ei des Gegners so hoch wie möglich. Zerplatzte das Hartgekochte, so gehörte es dem Werfer, blieb es ganz, musste man aus seinem eigenen Vorrat abgeben. Beim Stoßen gab es ähnliche Regeln. Das Ei, das beim Gegeneinanderstoßen ganz blieb, hatte gewonnen. Auf diese Weise stopfte ich nach dem Frühstück weitere acht Eier in mich hinein.

1946

Wohlgenährt mussten wir Kinder im Juni 1946 die Reise zurück nach Berlin antreten. Ich brachte etwa 60 bis 80 englische Zigaretten mit nach Hause, die ich irgendwie zusammengeschlaucht hatte. Damals zahlte man für eine englische oder amerikanische „Aktive" 13 Reichsmark und Zigaretten galten zu jener Zeit als beliebte Tauschware. Ein Pfund Bohnenkaffee kostete zum Vergleich etwa 800 Reichsmark. So überreichte ich bei der Ankunft in Berlin meiner Mutter den Schatz voller Stolz, während die „Aktion Storch" für mich wie für die meisten Berliner Kinder wie ein schöner Traum zu Ende ging.

Jetzt hatte uns die raue Wirklichkeit wieder eingeholt. Im Sommer war es mein sehnlichster Wunsch, einen Groschen für die Badeanstalt zu bekommen. Im Winter hingegen zählte an erster Stelle, in einer warmen Stube zu sitzen. Der Wunsch, sich einmal richtig satt zu essen, begleitete uns das ganze Jahr hindurch.

Es folgten die Hungerjahre. Viele Menschen starben in diesem Winter an Unterernährung und Krankheiten. Wegen der Kälte schliefen wir mit Trainingsanzügen und Mänteln in den klammen Federbetten. Wenn wir keine Schule hatten, spielten wir in den Trümmern und Ruinen und kokelten mit allem, was brennbar war. Walter Semtner war der Spezialist beim „Knackerle", also Feuer machen. Wir rauchten auch gerne, um uns die Zeit zu vertreiben. Wolfgang Koschick stibitzte seinem Opa einen ganzen Beutel Tee und so hatten wir eine ganze Weile etwas zum Schmöken.

Unsere erste Sportolympiade nach dem Krieg fand auf dem Grüngürtel statt. Natürlich wählten wir die Disziplinen, die sich überhaupt umsetzen ließen. Dazu gehörten Weitsprung, Hochsprung, Kugel- beziehungsweise Steinstoßen und Laufen. Mein Bruder Helmut lief bei der Olympiade so

Der 1. FC Neubau in voller Besetzung, Ronald Potzies links außen.

langsam, dass er von nun an „Schnecke" genannt wurde. Ich selbst war zu dieser Zeit der Größte von uns Halbstarken und so riefen mich meine Kumpels fortan „Langer".

Der Sport spielte damals für uns eine wichtige Rolle. Nach den Wettkämpfen gründeten wir eine Fußballmannschaft: den „1. FC Neubau". Unsere Heimspiele trugen wir auf den ehemaligen Tennisplätzen zwischen Grüngürtel und Klinkedenkmal aus, dort hatte das Fußballfeld etwa die Größe eines Hallenfußballfeldes. Im Tor stand Armin Lewandowski, dann Dieter Heinrich, Günter Foese, Rudi Braun, Wolfgang Mehls, Helmut Potzies und ich, der „Lange". Gespielt wurde nach Zeit – was sonst eigentlich gar nicht üblich war – und unser Wecker von zu Hause klingelte die erste und die zweite Halbzeit an und ab.

Im Perwenitzer Weg 13, eine Treppe rechts war unser Zuhause, eine Dreieinhalb-Zimmerwohnung. Weil die Miete mit 120 Reichsmark für damalige Verhältnisse sehr hoch war, hatten wir manchmal bis zu zwei Untermieter in der Wohnung. In der Küche musste jeder Nutzer die Kochzeiten am Herd für den Stromzähler aufschreiben. Natürlich

33

ging das nicht immer ganz korrekt zu. Ganz Ausgebuffte plätteten die Wäsche in ihrer Stube, während die Ehrlichen gerade in der Küche das Mittagessen zubereiteten. Samstags wurde immer die ganze Wohnung sauber gemacht. Wir drei Jungs mussten auch schon früh mit anpacken. Zuerst mussten wir mit dem Besen alles ausfegen und danach die rohen Dielen mit Wasser aufwischen. Anschließend ging es auf den Hof, wo wir den Teppich über der Stange ausklopften. Danach bürsteten wir das kostbare Stück gründlich aus. Im Winter legten wir ihn in den Schnee und klopften ihn von links kräftig aus. Am Nachmittag hatten wir dann frei. Das Schönste gab es immer abends: Ein heißes Vollbad. Doch auch das mussten wir uns hart erarbeiten. Schon unterhalb der Woche sammelten wir alles Brennbare zusammen, um den Badeofen damit heizen zu können. Eine Ladung reichte genau für ein Bad. Sobald das Wasser in der Wanne war, hieß es „Beeilung!", denn das Wasser kühlte in Windeseile wieder ab. In der Kriegszeit wurden die Wannen aus Terrazzo hergestellt. Das ist ein Steingemisch, das in Form gegossen werden konnte und etwa drei bis vier Zentimeter dick war. Nach unserem heißen Wannenbad saßen wir drei Brüder im Winter oft auf dem Kachelofen und genossen die Schummerstunde. Weil Manfred, der Jüngste, immer die Talkkerzen aufaß, saßen wir meist im Dunkeln.

1947

Das Jahr begann mit einem Neujahrsfußballspiel. Aus Mangel eines Fußballs mussten wir uns allerdings mit einem Rugby-Eis behelfen. Dieses Spielgerät bekam ich von unserem Untermieter, der beim „Tommy", also den Engländern, als Schuster arbeitete. Beide Mannschaften traten in Kostümen an. Ich hatte mich als Neger verkleidet und entsprechend mit schwarzer Schuhputzcreme das Gesicht eingeschmiert. Danach war ich natürlich vollkommen verdreckt, was mir aber egal war, weil das Spiel selbst ein voller Erfolg war.

Im diesem Jahr erlaubten es die Besatzungsmächte zum ersten Mal, Sportvereine zu gründen.

„Ach", stutzte Katja. „Und was bedeutete das für euch?"

„Na, zu dieser Zeit wurde per Jesetz in den West-Berliner Sektoren festjelegt, dass sich Sportvereine wieder mit ihr'm Eijennamen benennen konnten. Dit jing vorher nämlich jar nich. Und so trat der private 1. FC Neubau fast jeschlossen innen 1. Spandauer Hockeyclub ein. In unsra Altersgruppe wurden wa denn ooch prompt Berliner Meister! Jut, wa? Da kannste nich meckern!"

Als es wärmer wurde, spielten wir auch viel „Wasserball". Das heißt, wir taten so als ob. Mangels Wasser robbten wir stattdessen auf unseren Knien im knöcheltiefen Sand. Im ganzen Neubaugebiet bestanden die Straßen nämlich ausschließlich aus Sand und so tollten wir bis in die späten Abendstunden im vermeintlichen Wasser herum. Im Hochsommer wurden die Uhren zur Stromersparnis um zwei Stunden vorgestellt.

Für uns Kinder reihte sich ein Abenteuer an das nächste. Oft marschierten wir mit der ganzen Clique zu Fuß vom Perwenitzer Weg bis zur Bürgerablage. Nachdem wir dort ein Erfrischungsbad im kalten Nass genommen hatten, ging es barfuß wieder zurück nach Hause.

Ich ging auf die 7. Volksschule und Rektor Sandner ernannte mich eines Tages zum Vertreter für das RIAS-Schulparlament. Was war ich stolz! Die Sitzungen fanden immer im Rundfunksaal des Senders statt und ich gab mir größte Mühe, um die anderen zu beeindrucken.

Völlig unerwartet erlebte ich eines Tages einen Glücksfall. Mitten auf der Straße entdeckte ich ein Portemonnaie. Aber was noch viel besser war: Darin steckten 270 Reichsmark, ein wahres Vermögen! Natürlich bekam meine Mutter einen guten Teil zum Kostgeld. Soviel Glück hatte ich jedoch nur selten. Deshalb musste ich Fortuna ab und an auf die Sprünge helfen. – Geklaut wurde natürlich nicht, vielmehr nannten wir das damals „organisieren". In der Waldstraße ergab sich eines Tages beim Bäcker eine günstige Gelegenheit. Die Verkäuferin musste kurz nach hinten, um etwas aus der Backstube zu holen, und es genügte ein Griff, schon waren die Brotmarken in meiner Tasche gelandet. Kaum hatte ich den Bäcker verlassen, betrat ich einen anderen Laden und kaufte mir erst einmal ein 1.500 Gramm schweres Weißbrot, das ich in einem Stück verschlang. Mutter Grete kam in diesem Monat mit den Brotmarken auf wundersame Weise so gut wie noch nie über die Runden...

Unser Taschengeld mussten wir uns immer alleine besorgen. Tante Lotte, die Schwester meiner Mutter, arbeitete bei den Amis in der Kantine. Also machten wir uns auf den Weg nach Lindenhof in die Alboinstraße nach

Tempelhof. Gerda, so hieß sie mit richtigem Namen, steckte uns immer etwas zu Essen zu und als besonderes Schmankerl gab es Kaugummis. Eine Sensation! Nachdem ich die Kaugummis ausgekaut hatte, wälzte ich sie danach in Zucker und verkaufte sie in der Schule für eine Reichsmark weiter.

1948

Auch in den folgenden Nachkriegsjahren blieben wir erfindungsreich, wenn es darum ging, an Geld heranzukommen. Eine besonders einträgliche Einnahmequelle waren die Sportveranstaltungen im Olympiastadion und in der Waldbühne. Zu Fuß machten wir uns auf den Weg und überquerten sämtliche Hürden ohne Mühe. Ob mehrere Sperren oder drei Meter hohe Zäune – für uns kein Problem. Waren wir erst einmal drinnen, sammelten wir unbemerkt Gläser und Flaschen ein, egal, ob sie noch voll waren oder schon leer. An den Ständen gaben wir unsere Beute gegen das Pfandgeld wieder ab. Für eine leere Flasche gab es eine Reichsmark, für ein Halbliterglas fünf. Mein Spitzenertrag lag einmal bei 280 Reichsmark.

In den Sommerferien verbrachten wir in Jugendgruppen im Zeltlager auf Pichelswerder und Gatow. Ein besonderes Abenteuer erlebten wir in Saatwinkel auf der Bootsjugendherberge. Dort lernten wir das Morsen und Flaggenwinken von Schiff zu Schiff. Am Ende der Ferien ging es wieder nach Hause zu Muttern. – In der entbehrungsreichen Kriegs- und Nachkriegszeit hat sie als junge Frau ohne Mann mit uns drei Jungen diesen Lebensabschnitt bewundernswert gemeistert.

Wenn wir nicht dabei waren zu „organisieren" oder irgendwie zu Geld zu kommen, vertrieben wir uns die Zeit im Kino. Am häufigsten besuchten wir das Havel-Kino und das hatte auch einen ganz bestimmten Grund: Wir hatten herausbekommen, wie wir hineinkamen, ohne dass wir den entsprechenden Eintritt bezahlen mussten. Dazu nutzten wir mit etwas Geschick die Notausgänge, die durch zwei große Flügeltüren auf die Kirchgasse ins Freie führten. Kaum hatten wir die Verriegelung mit etwas Gewalt heruntergedrückt, konnten wir in den ersehnten Kinosaal schlüpfen. Bei Filmen über 14 Jahren musste man sich ausweisen. Auch für dieses kleine Problem wussten wir eine Lösung. Wir datierten einfach unsere undatierten Impfausweise entsprechend um.

In der Schule war unsere Klasse eine illustre Truppe: Schlaue und Dumme, Große und Kleine, Schwache und Starke, Brave und Rüpel. Unser Klassenlehrer, Rektor Schönfeld, hatte es oft nicht leicht mit uns. Obwohl er mit seinen 70 Jahren schon längst pensioniert war, musste er regelmäßig aushelfen, weil es nicht genügend Lehrer gab. Ein schwacher, alter Mann. Ein Klassenkamerad namens Adolf gehörte zu den ausgesprochenen Rowdies bei uns. Er hatte keinen Respekt, auch nicht vor dem Rektor. Eines Tages kam es sogar soweit, dass er Herrn Schönfeld verprügelte! Wir schämten uns alle sehr dafür, obwohl ja nicht wir es waren, die den Rektor verprügelt hatten. Trotzdem hatten wir das ganze Jahr über ein schlechtes Gewissen. Die Weihnachtszeit nahte. Gerne hätten wir alles wieder gut gemacht und so kam uns eine Idee. Einige Schüler besorgten einen Handwagen und jeder von uns steuerte etwas von zu Hause bei und brachte mit, was er trotz der Not entbehren konnte: Brennmaterial wie Holz und Kohle, Lebensmittel und viele nützliche Dinge. Ich brachte einen selbstgemachten Sirup mit. Als wir zu unserem Rektor kamen und ihm unser Geschenk als Wiedergutmachung überreichten, weinte er vor Rührung und alles war vergessen.

Es war das Jahr, als mein Vater August aus der französischen Gefangenschaft zurückkam. Wir freuten uns alle riesig! – Nach vier Jahren war unser Vater endlich wieder da. Der einzige Nachteil für meine Eltern war, dass sie nun die gesamte Sozialunterstützung zurückbezahlen mussten. Für uns Jungs jedoch war es ein großartiges Gefühl, ihn wieder da zu haben. Von da an schnitt mein Vater uns Jungs immer die Haare. Diese Kunst hatte er sich während seiner Militärzeit als Kompanie-Friseur angeeignet. Das war aber sicherlich auch der einzige positive Nebeneffekt aus der Militärzeit, denn kaum war der Krieg verloren, kam er in Gefangenschaft. Diese Zeit muss für alle deutschen Soldaten eine schlimme Erfahrung gewesen sein. Auch mein Vater musste viele Qualen im Kriegsgefangenenlager erleiden: Einmal wurde er an einen Pfahl gefesselt und musste einen ganzen Tag lang in der glühenden Sonne dort aushalten. Er wurde bestraft, weil er eine Antwort gab, die die Franzosen offenbar als Provokation deuteten. Aufgrund dieses kleinen Missverständnisses, das wegen seiner unzureichenden Sprachkenntnisse ausgelöst wurde, musste er diese schlimme Strafe ertragen.

Um dem Lager zu entgehen, konnten sich die Deutschen freiwillig melden, um tagsüber bei französischen Bauern zu arbeiten. Abends mussten sie dann wieder zurück. Mein Vater kam ja selbst aus der Landwirtschaft. Die Arbeit beim Weinbauern war für ihn daher eine vertraute Beschäftigung. Das Gute daran war, dass er dort gut zu essen bekam und versorgt wurde. Er war gut aufgehoben und verstand sich prächtig mit seinen Wirtsleuten, obwohl er Gefangener war. Schon sieben Jahre später sollte ich mit ein paar Freunden diese gastfreundlichen Franzosen persönlich kennenlernen. Aber das wusste ich da noch nicht...

Die vier Yellow Boys

1949

Wir waren froh, unseren Vater nach dem Krieg wieder zu Hause zu haben. Viele Männer waren im Krieg gefallen, und August sorgte nun als Ernährer wieder für ein regelmäßiges Einkommen. Seine erste Arbeitsstelle trat er als „Schmiermaxe" auf einem Trümmerkran bei Emil Karoske an. Eines Tages fiel während der Aufräumarbeiten eine schwere Eisenplatte dicht neben ihm herunter. Gott hat ihn in dieser Situation bewahrt, ihm passierte nichts.

Kurze Zeit später ging er zurück zur BVG, doch bevor er dort wieder eingestellt werden konnte, musste er „entnazifiziert" werden. Dies war nötig, weil er zu Hitlers Zeiten Mitglied in der NSDAP gewesen war. Die Betriebsleitung bot ihm sogar an, wieder als Verkehrsmeister anzufangen. Doch dazu hätte er in die SPD eintreten müssen. Mein Vater lehnte ab. – Einmal Partei hatte gereicht.

„Meen Vata hat denn bei de Berlina Blechbahn als Straßenbahnfahra wieda anjefangn. Die Winterkleidung für de Bahnlenka bestand extra ausm urich schwern Pelzmantel. Dazu jehörten überjroße Filzstiebel mit janz dickn Holzsohln. Jegen de Kälte wickelte sich meen Vata noch Wolllappen um de Beene. Man muss nämlich wissen, dass inne Nachkriegszeit noch ville Triebwagn mit nem offnen Parron im Einsatz warn. Also, die Unnjetüme von Filzstiebeln standen denn nach Feierabend zum Auslüften im Korridor vonne Wohnung. Für meen Bruder Manfred war dit die Jelejenheit, zur Belustijung von de janze Familie sich mit seine beeden Beene in eenen der großen Stiebel zu stellen. Dit sah zum Piepen aus! Wie Manne mit seine kleenen Beene in eenen dieser Riesen-Töppen stand."

Neben dem regelmäßigen Lohn, der nun wieder in die Haushaltskasse floss, machte unser Vater sich auch anderweitig nützlich. Wir merkten schnell, dass er vom Lande kam, denn schon bald hatte er in der Sandwüste auf dem Hof einen Garten abgesteckt und pflanzte dort viele Gemüsesorten an. Später baute er einen Drahtzwinger von vier Metern Seitenlänge, wo wir Hühner und Kaninchen züchteten. Damit konnten wir unsere spärliche Ernährung etwas ergänzen. Leider mussten wir den Stall nach einigen Jahren wieder abbauen, weil dadurch Ungeziefer angelockt wurde. Stattdessen organisierte mein Vater für uns auf andere Weise jede Menge zu essen. Er besorgte Maiskolben aus Schönwalde, die Mutter in der Kaffeemühle mahlte und anschließend zu Brotfladen backte. Von den angrenzenden Feldern ernteten wir heimlich Zuckerrüben, die in einem großen Kessel in der Küche zu Sirup verarbeitet wurden. Auch nachts waren wir ab und an unterwegs. Eines Abends nahm mein Vater mich mit auf seine Streifzüge, um Kohle zum Heizen zu besorgen. Auf dem Ruhlebener Güterbahnhof sprang er auf die fahrenden Züge und warf die schwarzen Edelsteine herunter, während ich die Beute zwischen den Gleisen aufsammelte. Als wir genug hatten, rief er: „Nüscht wie weg hier!"

Auf andere Hamstertouren ging es mit Horst Bergemann aus der Penne mit dem Vorortzug nach Wustermark auf die Dörfer, um Kartoffeln zu organisieren. Obst holten wir aus Werder. Mit den Körben im Rucksack liefen wir zu Fuß von Werder bis Beelitz-Heilstätten. Dies war nötig, um den Kontrollen am Bahnhof Werder aus dem Weg zu gehen, denn dort wurden allen Leuten die Waren wieder abgenommen.

Im Allgemeinen hatte ich aber zu meiner Mutter eine engere Beziehung. Das lag wohl daran, dass ich während des Krieges und auch danach auf der Flucht als der Älteste ihre erste Stütze und Hilfe in vielen Situationen war.

Das Jahr 1949 war für mich das letzte, in dem ich die Schule besuchte. Ich ging in die Klasse 9 V und in diesem letzten Durchgang waren wir Gäste in der Steinschule in Spandau. Dort hatten wir als zusätzliches Unterrichtsfach sogar Stenographie. Aber auch die anderen Schulfächer gehörten zum Repertoire. Deutsch, Mathe, Geschichte. In Erdkunde behandelten wir den Harz. Mein Lehrer fand es allerdings gar nicht komisch, als ich meinte, zu diesem Gebirge zähle auch der Harzer Käse. Die freche Antwort wurde glatt mit einer fünf belohnt. Im Juli war dann das Kapitel Schule endgültig abgeschlossen.

Herr Stöger, unser Lehrer, besorgte für unsere Klasse, oh Wunder!, zwei Lehrstellen als Finanzbeamte. Eine davon reservierte er mir! Doch ich lehnte schweren Herzens ab. Ich konnte mir beim besten Willen nicht vorstellen, den ganzen Tag im Innendienst zu arbeiten. Für meine Mutter

Die vier Yellow Boys (v.l.n.r.): Klaus Schöning, Gerd Treff,
Helmut und Ronald Potzies.

muss diese Entscheidung eine Katastrophe bedeutet haben. Trotzdem startete sie einen zweiten Versuch und half mir bei der Suche nach einer Lehrstelle. Sie war Putzfrau beim Friseur Köppen, dessen Bruder hatte als Bäckermeister ein Geschäft. Als ich am ersten Tag früh in der Nacht geweckt wurde, war ich zwar hellwach. Doch kein kaltes Wasser und keine zehn Pferde bekamen mich aus dem Bett. Was hat sich meine Mutter für mich geschämt!

Nach einem Briefwechsel und Anraten meines Onkels Gerhard Richter, dem Bruder meiner Mutter, bewarb ich mich mit meinem Abschlusszeugnis bei der Malerfirma Hermann Jochimsen. Als ich mich beim Chef vorstellte, fragte der mich: „Mein Junge, was willst du denn bei mir?" In dem Moment wusste ich gar nichts mit der Frage anzufangen. – Auf meinem Zeugnis standen sieben Einser und sieben zweier. Als Belohnung durfte ich meine Lehre erst einmal mit Urlaub beginnen.

Der Berliner Senat förderte damals auf Sylt ein Zeltlager, wo Jugendliche für drei Wochen ihre Ferien verbringen konnten. Auch wir profitierten davon. Kurz vor Reisebeginn nach List gründeten sich die vier „Yellow

Boys": Klaus Schöning, Helmut und Ronald Potzies und Gerd Treff mit der Gitarre. Dazu kauften wir uns die passende Kleidung: gelbe Frottee-Pullover, beigefarbene Nietenhosen, blaue Basketballschuhe und bunt-karierte Socken. Die Haare hatten wir als „Bürste" geschnitten – so waren wir die perfekten Stars! Unser Aufmacher in der Lager-Vorstellung ging nach der Melodie eines Kabarett-Songs der Nachkriegszeit. Szenenapplaus und Zugaben für unvergessliche Stunden waren unser Lohn. Das Lied wurde nach der Melodie „Im weißen Rößl am Wolfgangsee" mit folgendem Text gesungen:

„In Mokkaefti bei List auf Sylt,
da stehen die Zelte Spalier und rufen dir zu:
Guten Morgen, steh auf und vergiss deine Sorgen.
Und gehst du dann einmal fort von hier,
dann fällt dir der Abschied so schwer.
Du hast dich gefreut jeden Morgen,
in Mokkaefti auf Sylt. "

Im August 1949 trat ich dann meine Ausbildung an. Drei Lehrgesellen beschäftigte der Meister: Wolfgang Felisiak war Fluglehrer bei der Luft-waffe, Bruno Pilz, ein perfekter Altgeselle, der später an der Berufsschule lehrte, und schließlich Willi Bauer. Der hatte sich illegal aus einem rus-sischen Lager abgesetzt und kam aus dem fernen Osten zu Fuß bis nach Berlin. Hinzu kamen vier Lehrlinge. Gerhard Karney und mich. Arnold Seel und Knut Rosen kamen noch dazu. Und so ging es nun wirklich mit der Arbeit los, denn: „Malerblut is keene Buttamilch."
Meine Tochter hielt kurz inne und hörte auf zu schreiben. „Was hast du denn alles in deiner Ausbildung gelernt?"
Ich erzählte: „Ick bejann meene Malerlehre beim Meester im Farben-laden inna Falkenhagener Straße als Verkäufa. Für damalije Vahältnisse hatten wa'n wirklich jutet Anjebot von Malerartikeln. Unter anderm rühr-te ick ooch Leimfarbe uff Anweisung vom Alten an. Eenes Tages kam een Kunde retour, stellte sein Eimer uffn Ladentisch mit de Streichbürschte, die inna betonfesten Masse feststeckte und sachte:
„Die Farbe wurde immer wieder fest. Ich habe sie schon ein paar Mal mit Wasser verdünnt, aber die Masse dickt jedes Mal wieder nach."

Uff eenmal kam der Meester in Laden.

„Ronald!", brüllt der zu mir. „Kannst du mir erklären, was das soll?"
Konnt ick natürlich nich. Nach längerm Überlegn kam der Chef selbst
uff die Lösung. Der hatte die Schlemmkreide mit Jips vawechselt und
so den schweren Pulversack in die falsche Kiste jeschüttet. Dit half mir
aber ooch nüscht. Schließlich musste ick ja den Fehler wieda jut machen.
Mit Hamma und Meißel haute ick die Bürschte wieda aus dem harten
Brocken raus."

Auch mein jüngerer Bruder Manfred machte sich schon recht früh
Gedanken zur Berufswahl. Schon im zarten Alter von acht Jahren lautete
seine Überlegung dazu: „Ick würde früher mal Schiffer geworden sein."

1951/1952

Der Alte, sprich Meister Jochimsen, hatte gute Verbindungen ins
Spandauer Rathaus und darüber hinaus. Die Arbeitsbereiche waren
Privatkunden, Schulen, Kindergärten, Kasernen und große Brücken.
Um Brücken einzurüsten, besaß unsere Firma eigenes Leitermaterial,
Gestänge, Bohlen usw. Im Sommer 1951 hatten wir die Perleberger
Brücke in Moabit zu restaurieren. Eine tolle Truppe auf dem Trapez
mit Willy Wilski als Polier. Als Lehrlinge bekamen wir Fahrgeld zur
Baustelle. Morgens um sieben Uhr traten wir vier Stifte in der Werkstatt
an. Nachdem wir das Geld in den Händen hatten, stürmten wir um die Ecke
zur Ackerstraße, wo unsere Fahrräder standen. Von dem Fahrgeld holten
wir uns Zigaretten und die Tour ging über Haselhorst, den Saatwinkler
Damm, Richtung Moabit. Während unserer Arbeit haben die Lockführer
der Eisenbahn aus Schabernack öfter mal Dampf unter der Brücke
abgeblasen. Eines Tages war das Maß voll: Als Revanche kippten wir
etliche Kilo rote Bleimennige auf die Rangierlock. Von diesem Zeitpunkt
an hatten wir Ruhe.

Nach Feierabend war ich Gehilfe bei Willi Bauer. Wir haben so manchen
„Eckbau", sprich Schwarzarbeit, zusammen abgewickelt. Bei ihm lernte
ich das Imitieren von Holzarten wie Eiche, Birke, Mahagoni und andere
Techniken. Da Massivholz zu dieser Zeit recht teuer war, ließen sich die
Kunden bei Geschäftseinrichtungen auf diese Art ihre Läden neu herrichten.

Gearbeitet wurde nachts wegen der Ladenschließung. Ich verdiente 50 Pfennig pro Stunde. Auch aufgrund dieser Gegebenheiten bekam ich eine vielseitige Ausbildung. Der offizielle Lehrlingslohn betrug im ersten Jahr 30 DM pro Monat, im zweiten Jahr 40 DM und im dritten Lehrjahr 50 DM. Davon gab ich zwei Drittel zu Hause in Mutterns Haushaltskasse.

Sonnabend 13 Uhr war unsere Lohnzahlung. Nach dem Säubern der Werkstatt und des Ladens gab der Meister uns die „Tüten". Zusätzlich bekam jeder noch eine gute, dicke Zigarre mit den Worten: „Aber nicht auf der Straße rauchen!" Meine „Brasil" bekam Vater August jedes Wochenende.

„Ihr ward am Wochenende ja bestimmt oft unterwegs. In der Woche auch?", hakte Katja nach.

Spontan antwortete ich: „Na klar! Dit Arbeitn uff'm Bau war zwar anstrengend und hat janz schön jeschlaucht. Vom Schaffen am Feierabend zuhause anjekommen, haute ick mir zuerst in een Sessel und döste 'ne Viertelstunde. Danach jab et Essen, aber anschließend folchte dit Abendprojramm, meistens bis spät inne Nacht. Der nächste Morjen bejann umso jrausamer: Wecken um fünf Uhr dreißig. Und nun jing dit Drama los. Zur ersten Uffforderung stand Mutta Grete im Türrahmen und rief: „Ronald, aufstehen, es ist soweit, arbeiten gehen!"

Aus meenem Bette murmelte ick zurück: „Ja, gleich."

Darauf verschwand Mutta inna Küche. Weil ick keene Reaktion zeichte, kam se wieda in dit Zimmer und ihre Stimme hob sich etwas.

„Ronald, jetzt aber raus aus den Federn."

Sofort beuchte ick mir nach vorne und schwenkte meene Beene üba die Bettkante. Als se wieda raus war, haute ick mir zurück inne Kissen. Nach ner Weile jing die Zimmatür abermals uff. Jetz stemmte se die Hände seitlich inne Hüften und schnaufte:

„Also, jetzt ist aber gut! Das ist das letzte Mal, sonst komme ich mit einem Topf Wasser!"

Um mein Mütterchen nich zu sehr zu ärjern, hab ick det Spielchen nur noch eenmal wiedaholt. Jetz musste ick nu wirklich raus an de frische Luft, Jeld verdien jehn. War ja ooch janz jut so."

Auch privat hatte ich gute Kontakte zu den drei anderen Lehrgesellen. Willi Bauer, Wolfgang Feliseak und Karl Görn waren abwechselnd Gastgeber für die regelmäßigen Skatabende in ihrer Wohnung. Es wurde um ein Zehntel Pfennig gespielt. Für mich war das viel Geld! Auf diese Weise lernte ich natürlich „scharf" zu spielen und hatte zusätzlich die Ehre, als einziger Stift nach Feierabend noch dabei sein zu dürfen. Zwischendurch musste ich immer wieder im Laden Verkäufer spielen. Eines Tages kam die Meisterin zum Werkstattladen nach dem Chef fragen. Knut Rosen, von Natur aus ein Stotterer, prustete los: „Der Mei-Meister is-is mit der Hundepeitsche zum Fi-Finanzamt je-jefah-fahren." Wir alle kannten unseren Meister als aufbrausenden Vorgesetzten und ahnten, wie diese Behauptung auf seine Frau wirkte. Daraufhin stöhnte die Chefin auf: „Hoffentlich macht unser Vati nichts Unüberlegtes!" Mein Lachen musste ich mir mit aller Gewalt verkneifen.

Das Lehrende rückte näher. Der Meister sagte: „Wenn du ausgelernt hast, muss ich dich entlassen. Das Geld ist knapp." Also war ich das erste Mal arbeitslos. Nach 14 Tagen fand ich bei der Firma Krause in Kladow Beschäftigung. Die erste Frage von meinem Chef war: „Na, wie viel Fenster schaffst du denn am Tag zu streichen?" „Dit kommt uff die Größe der Fenster an", lautete meine Antwort. – Doofe Frage, konnten ja Keller- oder Kirchenfenster sein!

1953

Ich fing an, im Verein Fußball zu spielen. Bei Teutonia-Spandau, 2. Junioren. Töppen hatte mir unser Untermieter „gebaut". Größe 43. Als Schienenbeinschützer nahm ich alte Illustrierte. Man kann ersehen, das war ein zusammengeflicktes Sportzeug. Lustig und abwechslungsreich waren die Freundschaftsspiele. Da ging's auch mal ins Umland nach Finsterwalde. Nach dem Spiel war Feiern angesagt und Schwofen mit den einheimischen Mädels. Dann kamen die wilden Jahre auf den Tanz- böden. Heideschloss in der Waldsiedlung, Seits-Festsäle in der Schützen- straße. In der Friedrichstraße am Achenbachplatz ging's in die Kammer- spiele, bei „Freund" an der Freibrücke. Kindl Festsäle in Neukölln, wo auch Talent-Wettbewerbe auf der Bühne stattfanden. Unsere Stimmung war schon fortgeschritten und der Alkohol tat sein Übriges. Also, ich nach oben vor die Kapelle und einen bekannten Schlager gesungen: „Mäcki war ein Seemann". Daraufhin buhte mich das Publikum solange aus, bis ich freiwillig wieder von der Bühne verschwand.

Am Wochenende, also Samstag abends, gingen wir in die Radelandhalle schwimmen bzw. baden, also auf jeden Fall nass machen. Oft genug wegen der Mädchen, die natürlich auch dort waren. Springen vom Ein-Meter-Brett gehörte auch dazu. Als ich also wieder mal auftauchte, sprang mir jemand mit der Schulter auf den Kopf. Nach dem Zusammenprall konnte ich mich noch bis zum Beckenrand hangeln, dann zog man mich aus dem Wasser. Ich kam nochmal mit einer Gehirnerschütterung davon…

Weihnachtszeit – schöne Zeit. Am ersten Advent trafen wir uns bei Oma Alma in Lindenhof. Nach dem Kaffeetrinken trugen alle Kinder ihre Wünsche vor. Vier Wochen später zum ersten Weihnachtstag war die Großfamilie wieder zusammen und die Erwachsenen freuten sich, wenn wir Kinder uns über die Geschenke freuten. Später stellte sich die „Schummerstunde" ein. In dieses Halbdunkel hinein erzählten dann die Alten von ihrer Kindheit. Um den wärmenden Ofen saßen und standen wir und sangen Weihnachtslieder bis zur letzten Strophe. In dieser Zeit erlebten wir als Großfamilie Zusammenhalt und Geborgenheit.

„Das muss ja damals eine sehr schöne Zeit gewesen sein", dachte Katja laut. „Die Familie war offenbar der Dreh- und Angelpunkt. Habt ihr das damals auch so empfunden?"

„Ja, unsere Familie hat uns imma dieset Jefühl der Zusammenjehörigkeit jejeben. Speziell wenn wa alle am Tisch saßen und zusammen jejessen habn. Wir warn erst satt, wenn allet alle war. Wenn wa nachts nach Hause kamen von unsern Fackelzügen, hatte Mutta Grete Berje von Stullen jemacht. Die Heringe dazu hat se selbst jebraten und einjelecht in Essich, mit Zwiebeln und Jewürzen. Die Wohnung roch dann tagelang nach Fisch."

Katja musste laut lachen. „Das stell ich mir ja sehr appetitlich vor!"

„Tja, aber wer jut isst, muss ooch stramm arbeiten", erwiderte ich.

Im Winter arbeitslos zu sein war normal. Speziell vor den Weihnachtstagen mussten die jungen Gesellen zuerst das Feld räumen. Dann führte der Weg zur Sonnenallee auf's Arbeitsamt, Stempel drücken. Im Winter bot sich Gelegenheit für die schlechten Arbeiten. Bei Regen und Kälte durften wir draußen Fassaden und Fahrradständer streichen. War ganz schön ungemütlich. Die Firma Kirstein hatte auch Innenarbeiten in einer

Autohalle. Auf einem acht Meter hohen Rollgerüst blieb ich sitzen, während die Kollegen das Gestänge ein Stück weiterschoben. Als sich ein Eckrad zwischen zwei Abdeckbohlen drückte, kippte der ganze Aufbau nach hinten. Bei meinem Rettungssprung nach vorne blieb ich einen Meter vor dem Erdboden mit den Kniekehlen im Rohrgerüst hängen und baumelte wie eine Wurst am Haken. Ich zitterte am ganzen Leibe. Meine Kollegen boten mir zur Beruhigung einen Schnaps und eine Zigarette an. – Wieder einmal war ich vor dem Tod bewahrt worden!

1954

Zum neuen Freundesquartett gehörten Günter Foese, Siegfried Gebauer, mein Bruder Helmut und icke – Ronald. Im Sommer mieteten wir einen VW-Käfer und machten eine Deutschlandtour. Ich hatte zwei große Berlinwappen auf Karton gemalt, die klebten wir an die beiden Außentüren. Und ab ging es den Rhein rauf und runter, also Querbeet durch „Wessiland" bis in den Schwarzwald. Danach ging es wieder Richtung Heimat, zurück über den Harz. Zu meinen Kumpels meinte ich: „Det is aber 'ne knallharte Rallye-Strecke." Auf diesem Bergabschnitt haben wir uns tatsächlich mit einem BMW 502 angelegt! Am Ende wurde unser Team dann zweiter Sieger. Auf dem Heimweg suchte man uns über mehrere Radiosender. Siggis Vater hatte einen Schlaganfall gehabt. Da Günter Foese der beste Wagenlenker war, fuhr er in rasanter Fahrt zum Flughafen Hannover. Siegfried setzte sich in den Flieger und wir fuhren zu dritt die Biege nach Hause.

Wieder in Berlin hingen wir bei Günter Foese gebannt vor dem Radio. Mit Spannung verfolgten wir das Fußballspiel Ungarn gegen Deutschland in der Schweiz. Wir alle waren eingefleischte Fußballfans und fieberten mit der deutschen Mannschaft mit. Bis zur Pause führte Ungarn 2:0. Die Hoffnung auf eine Wende schien aussichtslos. In Bern fing es an zu regnen. Dies kam den Deutschen sehr gelegen, denn die Sportschuhe von Adidas konnte man von kurzen auf lange Stollen umstellen. Im tiefen Rasenboden hatten die langen Stollen besseren Halt, so dass die deutsche Mannschaft davon profitierte. Gleichstand 2:2. Das alles erlösende Siegestor schoss Helmut Rahn. Deutschland war zum ersten Mal durch ein 3:2 Fußballweltmeister geworden! Wir alle jubelten und das ganze Land brach in Freudentaumel aus. Wir waren wieder wer!

Siegfried, Helmut und ich verbrachten unsere Freizeit öfter gemeinsam. Es gab lange Diskussionen über unterschiedliche Lebensphilosophien, wo ich meistens allein gegen die beiden zu bestehen hatte. Für mich waren ethische und soziale Grundwerte wichtig, während die anderen beiden das Leistungsprinzip bevorzugten.

Zunehmend spielten Mädchenbekanntschaften eine besondere Rolle. Die Erste, die mich interessierte, war Lydia vom Askanierring. Dann kam Renate Kindermann, eine Schuhverkäuferin von Leiser. Da ich schon immer ein reserviertes Verhältnis zu Tieren hatte, war es möglicherweise auch ihr Schäferhund, der eine engere Beziehung verhinderte...

1955

Ein Jahr später, also 1955, starteten wir eine zweite Auflage mit dem gleichen Team in den Urlaub. Dieses Mal ging es zuerst durch Österreich. In Zell am See campten wir die erste Nacht. Bei Sonnenaufgang ging unser Blick auf das beeindruckende Bergmassiv der Großglocknergruppe. Nach dem Frühstück fuhren wir los und kamen mit dem luftgekühlten VW-Käfer problemlos auf dieser wunderschönen Serpentinstraße über den Pass. Wassergekühlte Autotypen hatten allerdings die größten Schwierigkeiten in diesem Gelände. Auf der italienischen Seite hangelten wir den Berg wieder herunter.

Die nächste Station war Venedig. Das Auto parkten wir auf der Brücke vor dem Zentrum und waren sehr gespannt auf diese außergewöhnliche Stadt. Bei brütender Hitze wollten wir natürlich die übliche Gondelfahrt durch das Kanallabyrinth machen. Nach langer Überredungskunst und für den doppelten Preis fuhr uns schließlich ein Gondoliere in der Mittagssonne durch die Stadtkanäle. Dabei erlebten wir auch gewisse Eigenarten der Italiener, die bei uns Verwunderung auslösten: Der Müll klatschte mehrere Male aus den Fenstern der Häuser direkt neben unser Boot. Weiter ging die Reise an der Adria entlang nach Süden. Beim ersten Italienbesuch wollten wir so viel wie möglich sehen. Also fuhren wir nach Rom. Auf der Via Appia zur heiligen Stadt. Das Collosseum und die anderen Prachtbauten machten auf uns einen großen Eindruck. Nachdem wir Berliner genug von so viel Kultur hatten, zuckelten wir an der Riviera über Pisa, Viareggio und Genua wieder durch die Alpen heimwärts. Der Süden hatte uns alle ausgetrocknet. In Folge dessen steuerten wir München an, auf direktem Wege ins Hofbräuhaus. Ich kann nur sagen: „Prost!" Für uns kam dort nur das Parterre-Etablissement in Frage. Hier saßen die Einheimischen in ihren Krachledernen hinter den Einliter-Maßkrügen. Von diesen „Trinkbechern" brachten die Serviermädchen so um die acht Stück mit einem Ruck auf ihren strammen Busen herangeschleppt. Wir haben dann auch ein paar Proben getrunken. Dieses Bier ist so dünn, da musste man alle fünf Minuten auf die Toilette. Manche der Stammkunden sparten sich aber diesen Weg und blieben einfach auf der Bank sitzen...! Aber gemütlich war es allemal! – „Gsuffa!"

1956

Im Sommer ging's nochmal auf Fernfahrt, diesmal mit Siegfried und Hans Gebauer, Helmut und mir. Deutschland – Schweiz – Spanien – Frankreich – Belgien – Berlin. Siegfried Gebauer borgte Helmut und mir zweihundert D-Mark für den Urlaub. Wir nahmen viele Gastgeschenke aus Berlin mit auf die Reise. Beim Kennenlernen netter Menschen knüpften wir dadurch die besten Kontakte. Den ersten Höhepunkt erlebten wir an der Costa Brava. Abends beim Lagerfeuer ergab sich eine Unterhaltung mit dem Eigentümer des Zeltplatzes. Sein Konzessionsträger, ein spanischer Signore, lud uns zum nächsten Tag zu sich ein. Seine Burg stand auf einem Hügel, von wo wir die großen Olivenhaine bestaunen konnten. Im Speisesaal, an einer langen Tafel, wurden wir vier Berliner köstlich bewirtet. Jeder von uns erlebte einen Traum – wie im Film!

Barcelona war die nächste Station. Zur Abwechslung besuchten wir ein Freilicht-Varieté mit Flamenco-Vorführung. Kurz nachdem wir an einem Tisch Platz genommen hatten, saßen auch schon vier Damen auf unserem Schoß. Eine kleine Flasche Coca-Cola kostete damals schon sieben D-Mark! Der nächste Tag war besonders aufregend. Stierkämpfe sind etwas anderes als ein Fußballspiel. Mir wurde zum ersten Mal klar, dass die Tiere dabei völlig wehrlos und entkräftet abgeschlachtet werden. In drei Akten rammten die Banderillos den Stieren Holzpfeile in den Nacken. Dann kam der Pikadore auf einem Pferd reitend und stach mit einer Lanze eine große Wunde in den Körper. Schließlich versetzte der Torrero dem stark geschwächten Stier den Todesstoß. Nach dieser Veranstaltung waren wir völlig fertig und fuhren erschöpft zum Campingplatz zurück. Nachts wurden wir in unserem Zelt von einem starken Gewitter geweckt. Das ganze Zelt stand unter Wasser und unsere Schuhe schwammen mittendrin. Da hieß es „Einpacken und nichts wie weg!".

Quer ging es durch Spanien nach Madrid. Mitten im Land in einer Wüstenregion hausten Bewohner in Höhlen an Berghängen. Man kann hier bei Betrachtung der Zeitumstände von mittelalterlichen Lebensformen sprechen. Die Frauen knieten an einem Bach, um dort ihre Wäsche zu waschen. Da fragte uns jemand von denen: „Lebt Hitler eigentlich noch?" Das war im Jahr 1956! In dieser Einöde fanden wir überraschenderweise ein Haus mit einer Tanksäule. Zuerst wollte der Benzinverkäufer einen wahnsinnig überhöhten Preis in Rechnung stellen. Nachdem wir aufgeregt protestierten, kam beim zweiten Rechnen ein viel zu niedriger Preis heraus. Nun erklärte der Mann, dass er den Tankwart vertreten würde und wir merkten, dass er gar nicht rechnen konnte. Mit unseren Fingern malten wir die Rechnung auf den Staub der Autokühlerhaube und zahlten so den korrekten Preis. Weiter ging es in die spanische Hauptstadt. Wir verzichteten auf die kulturellen Erbauungen, denn die glühende Hitze trieb uns sofort wieder aus der Metropole heraus. Rechts vorbei am Kloster El Escorial nach San Sebastian an der Biskaya. Ich lernte Conchita am Strand kennen. Beim zweiten Treffen brachte sie ihre ganze Familie mit. Das machte uns lange Beine. Es ist doch immer wieder beeindruckend und auch lehrreich, andere Länder und Sitten kennenzulernen…

Von den feurigen Stierkämpfern kamen wir jetzt zu den politisierenden „Franzmännern". Bei Bordeaux lag der Bauernhof, wo mein Vater August als Kriegsgefangener gearbeitet hatte. Nachdem wir uns vorgestellt und das Berliner Gastgeschenk – ein kostbares Kaffeeservice – überreicht hatten, schickten die Bauersleute uns in die Ortskneipe zum Billard spielen. Es wird für mich immer ein unvergessliches Erlebnis bleiben, bei diesen netten Gastgebern ein Festessen mit mindestens sieben Gängen genossen zu haben. Zu jeder Speise servierte man uns einen neuen Wein. Diese Völlerei ging so weit, bis Hans Gebauer zum Schluss nach draußen rannte

Christel Potzies, geborene Becker, im Jahr 1956.

und sich übergeben musste. Bei Sonnenuntergang auf der Dorfstraße diskutierten wir mit den Einheimischen bei einem Glas Cognac in der Hand über Gott und die Welt. Als Dolmetscher wirkte ein Kriegskamerad von Vater, der dort heimisch geworden war.

Den Höhepunkt unserer erlebnisreichen Tour bildete Paris. Wie es sich gehörte, fuhren wir natürlich auf der Champs Elysee in die berühmte Metropole ein. Ich raunte Helmut zu: „Unsern Dorfverkehr in Berlin kannste da vajessen." Wir mussten etliche Runden um den Triumphbogen drehen, um wieder aus dem Kreisverkehr heraus zu kommen.

Es waren schöne und abenteuerliche Tage. Alles hatte ein Ende, und dann ging es raus aus der Stadt. Aber wie? Verfransen ist gar kein Ausdruck, denn wir wussten nicht mehr weiter. Also sagte ich: „Rechts ran!" In einem Außenbezirk fragte ich nach dem Weg, worauf zwei Franzosen uns spontan zu sich nach Hause einluden. Der Patriarch führte uns in eine große Wohnküche von circa zehn mal zehn Metern. Auf einer erhöhten Eckplattform mit Geländer nahmen wir vier Berliner Platz und bekamen gleich etwas zu essen und zu trinken – natürlich Rotwein! Es wurde mehr als lustig, als der Chef uns anbot, von seinen zehn Töchtern doch gleich vier mitzunehmen. Daraus wurde zwar nichts, aber wir haben uns noch viele Jahre geschrieben.

Stattdessen eroberte jemand ganz anderes mein Herz: Am 14. Januar lernte ich Christel Becker kennen, bei Seits – Spandauer Festsäle in der Schützenstraße auf dem Schlesiertreffen. Beide hatten wir mit Schlesien nichts zu tun, denn unsere Familien kommen aus Ostpreußen. Aber die Tanzwütigen gingen dorthin, wo die Musik spielte. Mit einer drehenden Handbewegung nahm ich Kontakt zu meiner Auserkorenen auf. Vor ihrem Tisch machte ich meinen Diener und dann ging's los. Als wir warm getanzt waren, mussten wir uns wieder abkühlen. Ich sagte: „Frollein, wolln wa nich mal rausjehn?" Sie sagte „ja" und schon kurz darauf küssten wir uns. So kamen wir zusammen. Wir unternahmen viel gemeinsam, weil wir die gleichen Interessen hatten: Wir gingen ins Kino, ins Theater, besuchten Ausstellungen und gingen tanzen. Wir hatten die gleiche Wellenlänge, die Chemie stimmte einfach. Trotzdem fühlte ich mich nach diesen fünf Monaten noch nicht reif, mich fest zu binden. Nach einem langen gemeinsamen Spaziergang überwand ich mich schweren Herzens ihr zu sagen, dass ich mich von ihr trennen wolle. Es war ein eigenartiges Gefühl, wenn wir uns im Nachhinein manchmal auf der Straße begegneten.

Auf Mutter Gretes Drängen bemühte ich mich nach einiger Zeit wieder um Christel. Sie meinte: „Ronald, so'n Mädel kriegst du nie wieder!" Also machte ich mich schnieke und wartete am S-Bahnhof West zum Feierabend auf sie. Gespannt stand ich dort und fragte mich, ob sie überhaupt kommen würde. Im Moment des Wiedersehens wusste ich, dass ich die richtige Entscheidung getroffen hatte! Seitdem sind wir bis heute glücklich.

Meine Mutter arbeitete als junge Frau in der Parfümfabrik Scherk. Sie erzählte von einem Kunden, einem Kleiderfabrikanten, der sie fragte, ob sie als Model für seine Firma arbeiten wolle. So eine tolle Figur hatte Mutter Grete zu dieser Zeit! Genau wie Christel. In unserer ersten Zeit kauften wir für meine Angebetete in einem Textil-Großhandel auf dem

Ku'damm einen schicken Mantel in Größe 36. Es ist erstaunlich, wie meine Zissi sich bis heute ihre gute Figur erhalten hat. Jetzt trägt sie Damengröße 38. So etwas erreicht man nur bei regelmäßiger sportlicher Betätigung und diszipliniertem Essen. Omarie hätte gesagt: „Alle Achtung!"

1957

Es begann eine schöne Zeit. Christel und ich waren viel unterwegs. Besonders begeisterte mich ihre Offenheit, auch zu Sportveranstaltungen wie Fußball, Catchen, Boxen oder dem Sechs-Tage-Rennen mitzukommen. Für kulturelle Veranstaltungen besorgte uns Tante Anna, die Schwester meines Vaters, regelmäßig Konzertkarten, überwiegend im Ost-Teil Berlins. Dort waren die Karten für uns besonders günstig. Für unsere Freizeitgestaltung hatten wir damit ein überreiches Angebot.

In der Volksmusikschule Spandau lernte ich bei Heinz Stärke Posaune blasen. Dort bekam ich eine gute Ausbildung. Mein Musiklehrer war ein staatlich geprüfter Kapellmeister, der sich bei der Bundeswehr bewarb. Später leitete er sogar das Marine-Musikcorps Nordsee in Bremerhaven.

Etwa zur gleichen Zeit probierte ich mich auch auf einem anderen künstlerischen Gebiet: Mit einer japanischen Kamera begann die „Knippserei". Manchmal ging ich nachts mit einem Kumpel auf Tour über die Dächer von Berlin. Später bei der Bewag konnte ich so manchen Preis für überdurchschnittliche Fotos abräumen. Einige Jahre später wechselte ich zu schwarz-weiß Aufnahmen in Papier. Überwiegend waren meine Töchter Marion und Katja fabelhafte Motive. Um selbst die Bilder zu entwickeln, wurden die Küchenfenster mit schwarzem Papier abgeklebt. Bis die Dunkelkammer fertig war, hatte man umfangreiche Vorarbeiten. Mit unterschiedlichen Entwicklungsflüssigkeiten und Wässerchen wurden dann die Bilder bearbeitet. Die größte Freude machte es, die vergrößerten Fotos in der Endphase entstehen zu sehen. Vergleichsweise: „Als obste een Ölbild malst." – So konnte man zum Beispiel durch Reiben des Papiers unterschiedliche Nuancen von Grautönen erzielen. Bis zum gewünschten Ergebnis waren Fingerspitzengefühl und Ausdauer gefragt. Vom frühen Abend bis zum ersten Sonnenstrahl am nächsten Morgen verbrachte ich so die Nächte in der verdunkelten Küche.

In den 60er Jahren wurde geswingt was das Zeug hielt...

1958

In meinen ersten Berufsjahren lernte ich viele verschiedene Firmen mit unterschiedlichen Arbeitsweisen kennen. Unter anderem war ich bei der Firma Kirstein angestellt, die einen Auftrag bei Osram bekommen hatte. Dort strich ich zwischen den Arbeitstischen in fünf Metern Höhe Rohre. Dabei lösten sich die Haltescharniere der Stehleiter, auf der ich arbeitete. Die aufschlagende Lackfarbe spritzte durch die ganze Umgebung. Dass mir nichts Ernstes passierte, verdankte ich einmal mehr meinem Schutzengel.

Im Mai fing ich bei der Bewag als Handwerkerhelfer an. Die Malerkollegen lachten mich aus, weil ich ins Kraftwerk zum Kohlenschippen ging, anstatt auf dem Bau zu bleiben. Aber das war mir egal, denn der sichere Arbeitsplatz bei einem großen Unternehmen war mir mehr wert. Schon nach einem Jahr bekam ich eine Stelle als Schriftenmaler. Mein erster Kollege, Willy Grabitz, verstarb bereits nach kurzer Zeit an einer Lungenkrankheit. Unser Tischler zimmerte ihm ein Holzkreuz, das ich mit seinen Insignien beschriftete. Ein neuer Kollege wurde mir zur Seite gestellt. Wie sich später herausstellte, war er ein unehrlicher Mensch mit viel Falschheit, der unwahre Geschichten über mich verbreitete. So erzählte er Lügen über mich und meinen Glauben und wollte mich damit im Kollegenkreis lächerlich machen. Aber auch diese Zeit verging. Schließlich wurde Gerd Schernbeck mein neuer Kollege. Er war ein Mann mit einer direkten und offenen Art und ich schätzte ihn als guten Mitarbeiter. Die meiste Zeit war ich im Tagesdienst tätig und hatte durch meine eigene Werkstatt einen Arbeitsbereich, indem ich souverän agieren konnte. Für einige Kollegen war ich auch der Beichtvater für ihre privaten Sorgen und viele vertrauten sich mir an, um Rat von mir zu bekommen. Insgesamt habe ich 34 Jahre im Kraftwerk Moabit gearbeitet.

1959

Seit drei Jahren waren Christel und ich nun schon zusammen. In der Wohnung meiner Eltern in der Moritzstraße 15 feierten wir unsere Verlobung.

In diesem Jahr machten wir einen Zelturlaub nach Italien mit Christels Bruder Günter und seiner Freundin Christel Schulz. Über den Reschenpass durch die Alpen fuhren wir Richtung Süden. Wir erlebten unser erstes Alpenglühen und schwärmten von der puren Romantik. Am Gardasee bauten wir das Zelt zur Übernachtung auf. Ich hatte die Aufgabe, Tee zu kochen. In der Abenddämmerung kamen um unseren Zeltplatz unzählige Mistkäfer aus dem Boden gekrochen. Vermutlich hatte die Wärme des Feuers die Tiere aus der Erde gelockt. Als eine Blindschleiche in der Nähe des Wasserkessels sich nach oben windete, hatten wir genug gesehen und flüchteten alle vier in die Zeltplatzkneipe. Mit einigen Gläsern Rotwein machten wir die Nebenerscheinungen vergessen und konnten so ruhig schlafen. In Maestre, also kurz vor Venedig, fanden wir den passenden Campingplatz. Nachdem wir das

Lager aufgeschlagen hatten, gingen Günter und ich in eine „Bodegra". Rotwein und Soleier waren angesagt. Na ja, wir beide kamen dann gut gelaunt wieder nach Hause und trafen unsere Mädels in Gesellschaft von argentinischen Signores. Später haben sie bei einer Deutschland-Tour die beiden Christels in Berlin besucht. Von der Ostküste ging es dann quer durch den Stiefel an die Riviera über Pisa nach Viareggio. Hier mussten wir Günter zu einer OP ins Krankenhaus bringen. Sein Blinddarm musste entfernt werden. Ich hatte die erste Nachtwache bei meinem zukünftigen Schwager. Er überstand den Eingriff und reiste gesund mit der Bahn nach Hause, während wir drei in einem Zug mit dem Käfer wieder nach Berlin fuhren. Dabei saß ich 15 Stunden am Stück hinter dem Steuer.

Dixie, Swing & Blasmusik

1960

Im Januar 1960 wurde das Spandauer Blasorchester gegründet. Die Versammlung fand im „Goldenen Anker" in der Charlottenstraße zu Spandau statt. Die Gründungsmitglieder waren: Ewald Schwenzfeier, Herbert Steffen, Günter Schulz, Helmut Schulz, Siegfried Gebauer, Helmut Potzies und ich. Die Musiker waren ehemalige Angehörige des Don-Bosco-Heimes in Wannsee und Schüler der Musikschule Spandau. Einen für uns wichtigen Passus hielten wir in den Satzungen fest (der später wieder gestrichen wurde):

Neu hinzukommende Musiker durften nicht älter als 30 Jahre sein und sie sollten nur männlichen Geschlechts sein.

Daran merkte man, dass die Spandauer Musikszene wesentlich strengere Maßstabe als die Berliner Philharmoniker ansetzte! Als Dirigent wurde Musikmeister a. D. Werner K. Holzmüller verpflichtet. Noch im gleichen Jahr, am ersten Pfingstfeiertag, veranstalteten wir im Schützenhof Spandau unser erstes Pfingstkonzert unter Mitwirkung des Spandauer Gesangsvereins. Der musikalische Leiter hatte unseren „Klangkörper" gut vorbereitet und so sahen wir dem ersten öffentlichen Auftritt mit Zuversicht entgegen. Das Gartenlokal in Hakenfelde war proppenvoll und die dargebotene Musik ein voller Erfolg. Auch heute noch haben die Pfingstkonzerte in Berlin eine gute Tradition.

Für meine sportliche Fitness trainierte ich für das deutsche Bronze-Sportabzeichen. Dafür musste ich natürlich erst einmal mit dem Rauchen aufhören. Dazu gehörten: Radfahren, 20 Kilometer, Steinstoßen, beiderseitig, Schwimmen und Sprint á 100 Meter sowie Weitsprung. Dies kam meiner Vielseitigkeit entgegen. Nach der Prufung gab es eine Urkunde und eine schöne Anstecknadel.

„Ward ihr früher eigentlich alle so sportlich?", interessierte sich Katja für das Thema.

Ich musste kurz überlegen, dann grinste ich vor mich hin und begann zu erzählen.

„Nach alta Jeflojenheit wurden in Berlin an Himmelfahrt sojenannte Herrenpartien veranstaltet. Die Männa unserer Verwandtschaft wie Onkel Jerhard, Onkel Kurt, Onkel Heinz und Freunde, denn meen Vata Aujust, Siegfried Jebauer, Bruder Helmut und icke starteten morjens zu besachtem Wandertach. Die Besprechung inna Kneipe von Tante Jerda hatte vorher erjeben, dass die janze Clique mit Tropenhelme uff eene Safari jehn würde. Meen Freund Siegfried besorchte vom Fruchthof (wo er als Händler sein Obst einkoofte) eene janze Bananenstaude. Diese Zentnerlast schleppten wa mit viel Spaß imma abwechselnd den janzen Tach durch de Jejend im Grunewald. Damit dit Jewicht abnahm, verschenkten wa einzelne Bananen anne Spazierjänger. Nachmittags brannte de Sonne janz schön uff unsre Tropenhelme. Also machten wa ne ausjedehnte Pause anne Badestelle bei Schildhorn. Meen Vata Aujust hatte sich ooch bis uff de Badehose jleich freijemacht. Onkel Jerhard konnte meen alten Herrn jrade noch zurückhalten:

„Aujust, hör uff und bleib hier! Dit is zuweit bis nach Spandau über de Havel.“

– Meen Vata wollte allen Ernstes durch de Havel bis uff die andre Seite schwimm, wie damals olle Ritter Jatzow in umjekehrte Richtung!“

„Hm, mit sportlicher Betätigung meinte ich eigentlich etwas anderes“, erwiderte Katja mit einem Lächeln.

1961

Große Ereignisse warfen ihre Schatten voraus: Christel und ich wollten heiraten. Um die Form zu wahren, hielt ich bei Mutter Becker in der klassischen Art und Weise um die Hand ihrer jüngsten Tochter an. Ich kann mir vorstellen, dass ich damit bei meiner künftigen Schwiegermutter ganz viele Punkte gesammelt habe. Wir wollten nun am 25. August 1961 unsere Vermählung feiern. Zuvor mussten wir zu einem Gespräch bei Pastor Martin Fliegert antreten. Bei einer zweiten Unterredung riet der Prediger Christel dringend ab, mich zu ehelichen. Schließlich war ich kein Christ. Trotz dieses Einwandes bestand sie jedoch darauf. Wegweisend für unsere Zukunft hieß dann der Taufspruch aus Römer 15, mit den Versen 5 und 6:

Sieht doch echt aus, oder? - Das offizielle Hochzeitsfoto von Ronald und Christel Potzies

„Der Gott aber der Geduld und des Trostes gebe euch, dass ihr einerlei gesinnt seid untereinander nach Jesus Christus, auf dass ihr einmütig mit einem Munde lobet Gott und den Vater unseres Herrn Jesus Christus."

15 Jahre später begrüßte ich denselben Pastor als „Bruder" Ronald. – Insgesamt hat Christel 19 Jahre in großer Liebe als vorbildliche Ehefrau mir den Glauben an Gott in Jesus Christus vorgelebt. Aber dass ich zum Glauben finden würde, konnte Christel zu unserer Hochzeit nicht ahnen.

Einen Tag vor unserer Hochzeit hatten wir unseren Polterabend gefeiert, wo auch das Spandauer Blasorchester spielte. Bei der Programmgestaltung hatte ich allerdings eine gewisse Ablehnung, diesen besonderen Tag mit „Dschingerassabumm" hinaus zu posaunen. Einige Monate vorher bereitete der 1. FC Neubau unserem Fußballfreund Dieter Heinrich einen Junggesellenabschied der etwas groben Art. Seine Gesellschaft feierte in einer Parterrewohnung mit Holzläden vor den Fenstern. Ein Fachwerkhaus in der Mittelstraße, Ecke Flankenschanze. Nachdem es draußen dunkel war, löste ein mitfeiernder Kumpel von innen die Haken der Sichtklappen. Und jetzt kam mein Auftritt: Die Festräume waren hell erleuchtet und draußen war es natürlich stockdunkel. Kein Mensch merkte, wie ich Fenster für Fenster die Luken öffnete und danach alle Scheiben mit einer dunklen Wasserfarbe zumalte. Später erzählte man, dass in dem Hochzeitshaus die Nacht kein Ende nahm. Als Höhepunkt schütteten wir noch einige Mülltonnen vor die Wohnungstür aus. An diese so genannte Abschiedsfeier musste ich denken, als sich die Potzies-Becker-Fete näherte. Die Veröffentlichung im Spandauer Volksblatt konnte ich noch verhindern. Eine Bekanntmachung im Rathaus war aber von Rechts wegen vorgeschrieben. Mein Bruder Helmut also ließ es sich nicht nehmen, das gesamte Spandauer Blasorchester vor dem Brauthaus aufmarschieren zu lassen. Die Menschen in der Seegefelder Straße dachten, die Berliner Mauer sei wieder eingerissen worden, denn kurz vorher hatte die DDR (Deutsche Demokratische Republik) diesen Trennungswall mitten durch Berlin gebaut. Doch wir ließen uns durch diese politischen Ereignisse unser Glück nicht trüben, denn unsere Liebe zueinander hatte sich immer stärker entwickelt. Nicht, oder doch auf den ersten Blick? Im Nachhinein bin ich der Meinung, dass Gott uns von Anbeginn seines Schaffens füreinander bestimmt hat.

Katja schaute interessiert hoch: „Hattest du denn auch so etwas wie einen Junggesellenabschied?"

Ich setzte erneut an und gab eine weitere Geschichte zum Besten:

„Ja, dit schon. Dieset Männerzusammensein feierten wa bei Jebauers uffm Garajenhof inner Falkenhagener Straße. Nachdem wa etliche Fla-schen Bier jetrunken hatten, brachten wa die Jetränke für die Hochzeit zu Mutter Becker. Ohne zu ahnen, dass wa schon anjetrunken warn, hat uns meene künftje Schwiejermutter schließlich noch jedem 'ne Pulle Bier uffn Tisch jestellt. Na, da konnten wa natürlich nich nee sagen…".

„Und wie lief das beim Standesamt ab?", fragte Katja nach.

„Also", setzte ich an, „Jünter und meen Vata warn unsre Trauzeujen. Der Standesbeamte hieß Poppelbaum, dit weeß ick noch jenau. Der stellte uns die üblichen Fragen zur Heiratsabsicht und wir beede sachten natürlich „Ja!"."

„Und die Hochzeit selbst? War die noch am gleichen Tag?"

„Na, klar, nachmittags kam die zweete Halbzeit. Ick erinner' mir noch jenau, wie ick meene Frau am 25. Aujust '61 mit ner jroßen, weißen Citroen-Limousine inner Seejefelder Straße 154 abholte. Als wir aus'm Haus traten, jing ick mit schnellen Schritten schnurstracks uff dit Auto zu. „DeeSee" hieß dit Jeschoß – also übasetzt: die Jöttin. Dit hat natürlich jepasst! Christel sachte: „Ronny, renn doch nicht so! Ich komm ja gar nicht mit." Als wir dann im Fond Platz nahmen, setzte ick mir vor lauter Anspannung uff de vorderste Kante vonne Sitzbank", sinnierte ich.

Gelenkt wurde diese Brautkutsche von Heiner Fahrenkrog-Petersen, dem damaligen Freund von Schwägerin Elisabeth. Nach einer gewissen Warteschleife ging es dann zur Kapelle in der Jagowstraße, wo Christel Gemeindemitglied war und wo uns zur Trauung alle Hochzeitsgäste im Spalier empfingen. Während der Zeremonie spielten vier Freunde als Posaunenquartett die Musiktitel „Sanktus" und „Heilig, heilig". Meine Schwiegermutter war besonders davon angetan. Für die Feierlichkeiten hatte ich vorher noch das größte Zimmer bei Familie Becker renoviert, wo sich beide Familien in großer Harmonie und Ausgelassenheit verbrüderten.

Am folgenden Morgen fuhren alle Gäste zum Fehrbelliner Platz und schickten uns als frisch-gebackenes Brautpaar auf die Hochzeitsreise nach Lowran in Jugoslawien. Hier hatte ich einen heiklen Unfall. Nach einer Bootsfahrt fiel ich im Hafen in ein Loch und blieb dort in einer Eisenleiter hängen. Wegen der Verletzung musste ich einige Tage ins Krankenhaus. Als wir nach 14 Tagen Urlaub wieder zu Hause landeten, erlebten wir eine unangenehme Überraschung: Alle Hochzeitsfotos waren unterbelichtet! Somit mussten wir die wichtigsten Momente der Feier nochmals nachstellen. Meine Schwägerin Elisabeth kaufte für das Tragen der Braut über die Türschwelle sogar nochmal den gleichen Brautstrauß.

Auf einen sogenannten „Umsetzschein" bekamen wir in der Staakener

Straße 6 unsere erste Wohnung. Parterre und sogar mit einer Innentoilette! Noch im gleichen Jahr bemühten wir uns bei der Bewoge um eine größere Wohnung und bekamen im Sommer 1962 im Oldesloer Weg 22 b in Staaken eine richtige Neubauwohnung.

1962

In der Firma, bei der Bewag im Kraftwerk Moabit, pflegten wir auch nach Feierabend unter den Kollegen freundschaftliches Beisammensein. Zusammen mit Alfried Grümer, Klaus Rösner, Horst Heck, Hans Schulz und Achim Zenk gingen wir in der Hasenheide kegeln. Meinen ersten Meistertitel gewann ich hier in dieser Gruppe. Es war die Zeit, wo „Ronny die Kegelszene beherrschte" und alles abräumte, was ging. Den Wanderpokal vom SBO 1960 nahm ich ebenfalls mit nach Hause. Mit dem Orchester verbrachten wir schöne Stunden, denn das Musizieren verband uns zu einer immer fröhlichen Gemeinschaft. Die erste Reise ging zur Spandauer Partnerstadt nach Siegen. Es wurden viele Kontakte geknüpft, aber musikalisch waren uns die Gastgeber haushoch überlegen. Wieder zu Hause in Spandau hatten wir ein sehr bewegendes Erlebnis in Sachen Musik. Zum Totensonntag spielten wir im Rahmen der Feierlichkeiten auf dem Friedhof „In den Kisseln". Während des Krieges hieß dieser Tag „Heldengedenktag". Das Orchester marschierte vom Hauptplatz zum Soldatenehrenmal. Voweg vier Trommler. Dann die 30 Musiker. Im verlangsamten Schritt spielten wir den Trauermarsch von Frederic Chopin. Als zweite Gruppe folgte die Marinekameradschaft in gestriegelten Uniformen. Am Ehrenmal erfolgte die erneute Aufstellung. Ich höre noch heute von unserem Dirigenten Werner Holzmüller die militärischen Kommandos zum Ablauf der Zeremonie. Die ganze Aktion war so feierlich, dass manchmal der Ansatz wegblieb. Die Musik verklang. Danach absolute Stille. Friedhofsstille. Unwillkürlich dachte man über den Tod nach. Die ganze menschliche Existenz. Hierbei zeigte sich, was der Mensch ist – nicht mehr als ein Staubkorn des Ganzen.

„Es gab doch sicher neben den ernsten Erlebnissen auch fröhliche Begebenheiten, oder?", meinte Katja.

„Ja, na klar!", antwortete ich. „Ick erinner mir zum Beispiel an 'ne

Ferjenreise nach Espanjol. Für dieset Frühjahr hatten wa Torromolinos bei Mallaga jebucht. In Tempelhof jings los und drei Stunden später landete der Flieja in Spanien. Beim ersten Strandjang vabrannten wa uns fast de Beene, dit heißt die Füße, so heiß war der Sand. An een Vormittach besuchten wa 'ne Weinkellerei mit anschließenda Vakostung. Ne Schwedengruppe, die vor unsrer Führung die edlen spanischen Alkoholika vanaschten, war nur mit freundlicha Jewalt aus de Kellerei rauszubuxiern. Nach der üblichen Fiesta fuhrn wa per Bus üba Land nach Marbeja uff 'ne Hazienda mit ne Trainingsarena für Jungstiere. Also, wat soll ick sagn? Christel hielt mir jrade noch zurück und verhinderte so meen ersten Ufftritt inne Stierkampfarena!"

1964

Der Winterurlaub war ein fester Bestandteil unserer Jahresferien. Diesmal trafen wir in Warth am Arlberg in Tirol noch andere „Bewagianer". Unter anderem Hans Lehmann, Hans Hoffmann und Klaus Nitschke vom Kraftwerk Reuter. Als Gruppe erlebten wir eine tolle Bergbesteigung zum Warther Horn. Die Steigfelle wurden unter die Bretter geschnallt und es begann der beschwerliche Aufstieg zum Gipfelkreuz. Als man in einigen tausend Metern Höhe die Bergwelt bestaunte, waren alle Anstrengungen vergessen. Nach einer erholsamen Pause und dem Eintrag in das Gipfelbuch, freuten wir uns auf die Abfahrt im Tiefschnee. Es ist kaum zu beschreiben, so viel Lustgefühl auf einmal zu erleben! Bei einer anderen Tour ging es morgens um sechs Uhr im Dunkeln an Lawinenhängen vorbei durch das Nebental nach Lech. In den Hochalpen verbrachten wir mit dem Skilehrer einen herrlichen Sonnentag. Der Heimweg gestaltete sich sehr spannend. Wieder im Dunkeln zurück an den gleichen Lawinenhängen vorbei. Die sehr frühe beziehungsweise späte Hangquerung wählte unser Leiter, weil zu dieser Zeit der Schnee gefroren war und somit nicht wegrutschte. Zuerst der Skilehrer. Der winkte dann die „Skihäschen" einzeln vorbei an den kritischen Stellen zu sich herüber. Als wir völlig vereist bei Laura, unserer Wirtin, in das Zimmer traten, erschraken unsere Frauen, denn wir sahen aus wie vom anderen Stern.

Das Spandauer Blasorchester bei einem seiner Marschauftritte.

Der nächste Winter kam bestimmt (ganz sicher in den Bergen). Also freuten wir uns auf Warth und meldeten den Urlaub an. Aber im Januar beim SBO-Fasching verdrehte ich mir den rechten Fuß beim Tanzen und der Knöchel war kaputt. Es ging nicht anders als den Ski-Spaß abzusagen. So lernte ich, auch auf schöne Dinge mal zu verzichten. Wer weiß, für was dieser Vorfall gut war.

1966

Am 23. Mai 1966 wurde unsere erste Tochter geboren: – Marion. In der Klinik Pulsstraße, wo auch ich vor 33 Jahren das Licht der Welt erblickt hatte. In einer Kneipe nebenan feierte ich alleine die Geburt unserer neuen Erdenbürgerin. Natürlich fühlte ich mich verpflichtet, den Gästen eine Runde auszugeben.

Bei einem Jungen hatten wir Eltern uns auf den Namen Oliver geeinigt. Nun stand unsere „Mäh" oft auf dem Balkon der Wohnung. Sie war auch sehr geräuschempfindlich. An einem Nachmittag im Sommer nahm ihr Weinen und Schreien kein Ende. Es war keine Ursache zu erkennen und wir wussten uns nicht mehr zu helfen. Als letzten Ausweg sahen wir nur die Fahrt ins Krankenhaus. Nach der ersten Beurteilung nahm der Arzt eine Flasche mit Tee und gab unserem Jämmerling zu trinken. Das war es gewesen und die Eltern die Blamierten!

Mittlerweile war ein weißer VW-Käfer unser stolzer Besitz auf Rädern geworden, und so fuhren wir mit Gerhard und Margot Richter zu einem Campingurlaub auf die Insel Amrum. Eine komplette Zeltausrüstung hatten wir für dieses Vergnügen gekauft. In dem Hauszelt waren der Schlaf-, Wohn- und Küchenbereich extra unterteilt, so dass ein angenehmes Leben gewährleistet war. Christel hatte sogar den Schnellkochtopf mitgenommen! Morgens ging es über den Wattenstrand zum Baden in das eisig kalte Wasser. Nach dieser Tortur stellten wir die Füße in heißes Wasser und tranken dabei Grog mit viel Rum. Man konnte denken: „Na, das fängt ja gut an..." Christel bekam einmal vor Unterkühlung fast einen Schock! Eine Mit-Camperin massierte sie, bis die Muskulatur wieder weich war. Mit Gerhard unternahm ich eine Krabbentour. Vor dem Ruderhaus des Kutters hatten wir Aufstellung genommen wegen der besseren Sicht. Und richtig: Der erste Brecher erwischte uns mit voller Wucht, so dass wir nach dem Start sofort klitschnass waren. Für die Konservenbüchse voll Krabben bezahlten wir damals eine D-Mark. Um den Speiseplan abwechslungsreicher zu gestalten, gingen wir für das nächste Essen Muscheln graben. So lebten wir viel von den Meeresfrüchten.

Da wir uns noch ein zweites Kind wünschten (das heißt, ich wurde von Christel überzeugt), waren doch etliche Turnübungen nötig, um zu dem positiven Ergebnis zu gelangen. Es hat ja dann doch noch geklappt. – Gott sei es gedankt! In Erwartung auf Familienzuwachs tauschten wir unser erstes Heim in eine Zwei-zweihalbe-Zimmerwohnung im Oldesloer Weg 16 durch einen Ringtausch. Um dafür berücksichtigt zu werden, zahlten wir dem Vormieter für eine Gardinenstange und eine alte Nähmaschine 1.000 D-Mark Ablöse. Das war für damalige Verhältnisse eine Wahnsinnssumme!

„Für das Jahr 1967 haben wir ja gar nichts?", bemerkte Katja.

„Nee, da hab ick nüscht. Da war mal Pause", erklärte ich.

1968

Ich hatte nicht vor, noch einmal die Schulbank zu drücken. Aber bei der Bewag hieß es plötzlich, es sei eine zentrale Malerwerkstatt geplant. Nach reiflichem Überlegen und einem Infogespräch mit meinem ehemaligen Lehrgesellen Willi Bauer, der die Firma Jochimsen übernommen hatte, meldete ich mich auf der Fachhochschule für Werkkunst und Mode an. Das war der Beginn meiner Abendschule. Der Kursus begann mit 42 Anwärtern. Drei Jahre später sollten wir mit gerade einmal sieben Prüflingen den Abschluss machen! Ich war mit 35 Jahren der Älteste. Gunter Krause war mein Passmann während dieser Zeit, wo wir bis in die Nacht in unserem Wohnzimmer lernten. Erst im Nachhinein weiß ich, worauf es ankommt: Die fachlichen Kenntnisse sind Voraussetzung, aber ausschlaggebend sind der Wille und die Kondition, für solch eine lange Zeit am Ball zu bleiben.

Genau 35 Jahre später sollte Christel mir zu Weihnachten eine Staffelei schenken, so dass ich erst viel später auch die künstlerische Seite in mir entdecken konnte. Ein lang ersehnter Wunsch ging so in Erfüllung. Ich malte Bilder in Öl und begann mit klassischen Landschaftsmotiven und maritimen Themen. Später wagte ich mich auch an die moderne Malerei heran. Dabei erstaunte mich, dass jeder Stil für sich mich begeisterte und ich Freude daran hatte. Aber diese Erfahrung sollte ich erst viel später machen…

Parallel zu meiner Meisterschule sollte meine Familie auch zu ihrem Recht kommen. Am Abend brachte ich oft Marion zum Schlafen. Ich lag vor ihrem Kinderbett und reichte eine Hand durch die Gitterstäbe. Meistens war ich zuerst eingedruselt.

Ach ja, bei der Bewag ging ich dann auch noch nebenbei unsere Brötchen verdienen. Es war also viel „Bewegung im Laden".

Mit dem Spandauer Blasorchester machten wir etliche Reisen ins Siegerland. Unsere Frauen waren immer froh, wenn wir wieder zu Hause waren. 1970 hatte das SBO einen Arbeitseinsatz übernommen. Wir spielten eine Woche lang auf einem Schützenfest im Siegener Burbach. Konzerte und Marschmusik am Nachmittag. Abends dann Tanzmusik. Die Bühne stand voller Biergläser, und wir hatten kaum Platz zum Sitzen. Zusätzlich unterhielten wir einen gut gehenden Souvenirs-Verkaufsstand, den ein passives Mitglied bediente. Horst Badzong, unser erster Posaunist, kam extra aus Norwegen angereist. Nach sechs stürmischen Tagen war der Traum beendet. Bei der Rückkehr auf die Zitadelle wurde der Ausspruch von Karin Bernacisko populär: „Jürgen, wie siehst *du* denn aus?!"

Trotz dieser erlebnisreichen Episoden spürte ich das Verlangen nach Ruhe, nach dem Sinn des Lebens und Geborgenheit. Es war die Zeit, als ich Gott suchte. Selbst ist man sich nicht sicher, was einem fehlt, aber es fehlt etwas im Leben. Eines Nachts im Schlaf umgab mich grelle, gleißende Helligkeit, die kaum zu ertragen war. Ein Traum, der mich aufschrecken ließ. Ich fuhr hoch und saß fast im Bett. Dann riss ich die Augen auf. Da lag unser Schlafzimmer in einer unwirklichen Dunkelheit der Nacht. Trotz des plötzlichen Wachwerdens wurde ich seltsamerweise ganz entspannt und schlief danach wieder ein. Der folgende Tag muss ein Sonntag gewesen sein, denn ich war allein zu Haus. Christel ging mit Marion immer zum Gottesdienst. An diesem Vormittag hatte ich Zeit zum Nachdenken über das Erlebte, was ich in der Nacht wahrgenommen hatte. Das helle Licht war meiner Meinung nach ein Engel oder Jesus Christus selbst. Gott sprach mich an. Auf den Knien vor meinem Bett bat ich den HERRN um Erkenntnis. Ich las jetzt viel in der Bibel, bis es zu einem konkreten Gespräch mit Pastor Arnold Mähler kam. Auch die nächsten Jahre sollte ich auf der Suche nach Gott bleiben.

1971

Am 21. Januar begannen in der Nacht bei Christel die Wehen. Jetzt wollte unser zweites Kind an die frische Luft. In Windeseile zogen wir Majo einen Trainingsanzug an und fuhren um zwei Uhr nachts mit unserem weißen VW-Käfer zur Pulsklinik nach Charlottenburg. Nach der Geburt zeigte mir dieselbe Kinderschwester wie bei Marion die kleine Katja.

Der Sommer auf Blåvand in Dänemark war für viele Jahre die Ferienadresse unserer Familie. Weil Katja erkältet war, stellten wir sie im Kinderwagen bei Wind und Wetter raus an die Luft. Sage und schreibe, in kurzer Zeit war sie wieder wohlauf. In diesem Jahr teilten wir uns mit Rudolf und Inge Zimmer ein Holzhaus in den Dünen hinter dem Deich. Das Meer hatte schon immer eine magische Wirkung auf mich ausgeübt.

Aber auf einem Schiff konnte ich nie anheuern. So wurde auch meine Bewerbung beim Wasserschutz Hamburg Anfang der 50er Jahre wegen einer Lungenerkrankung abgelehnt. Was blieb mir anderes übrig, als Maritimsammler zu werden. Eine kleine Plastikboje aus dem Hafen in Esberg ertauschte ich gegen eine Schachtel Zigaretten. Heute hat sich unsere Laube zu einem Boot auf dem Trockenen entwickelt.

Zurück zum Beruf: Meine Meisterprüfung war schon sehr abenteuerlich; also mit Ecken und Kanten. Aber das haben wohl alle Prüfungen so an sich. Der Tischler im Kraftwerk, Werner Wollschläger, hatte mir eine fabelhafte Baukiste gezimmert, die ich auf Mahagoniholz imitierte. Ein richtiges Schmuckstück! In den Einlagekasten baute er einen doppelten Boden für „Schmuggelgut" ein, welches ich aber nicht benötigte. Ein halbes Jahr vorher hatten mein Passmann und ich die Prüfung minutiös in seiner Werkstatt durchgearbeitet. Im Kraftwerk Moabit durfte ich mit Genehmigung sogar nachts lernen und mich auf die Prüfung vorbereiten. Auf drei Tage Theorieprüfung folgten drei Tage Praxis. Während dieser Zeit war ich ein ganz schönes Nervenbündel. Abwechselnd nahm ich Beruhigungs- und dann wieder Aufputschmittel. Zu allem Unglück verbrannte ich mir während der Prüfung meine rechte Hand mit einem Trockenfön. So habe ich das praktische Finale also mit „links" absolviert. Innerhalb einer Woche musste man in der Handwerkskammer zeigen, „wat man so drauf hatte"! Denn: „Warste Meester, denn warste wer!"

Nachdem ich den Meisterbrief in der Tasche hatte, konnte ich als Hausinspektor bei der Pensionskasse der Bewag anfangen. Der dortige Chef war der Böse in Person. Mit zunehmender Zeit konnte ich seinen ständigen Druck nicht mehr aushalten. So ging ich schweren Herzens und auf einige Lohngruppen verzichtend in das geliebte Kraftwerk zurück. Den Empfang und das Gerede brauche ich wohl nicht zu beschreiben...

1972

Die Ferien auf Sylt und Amrum verstärkten in uns den Wunsch, wenigstens die Wochenenden in der Natur zu verbringen. FKK war und ist bis heute keine Weltanschauung von uns, sondern bot eine gute Gelegenheit, die Natur zu genießen. Der Sportverein VfK Südwest hatte damals schon ein großzügiges Gelände, wo auch unsere Familie ein Zelt aufbaute. Später kauften wir einen Wohnwagen und danach den winterfesten Doppelachser von der Firma Eriba. In Eigeninitiative erstellten die Vereinsmitglieder ein wunderschönes Schwimmbad. Die Warmwasserbereitung galt als Pilotprojekt der Bewag, so dass sich alle „Nackedeis" von April bis Oktober in dem Bassin tummeln konnten.

Noch ein Gedanke noch zum SBO. Aus politischen Gründen ging der Erste Vorsitzende, Dietrich Austermann, nach Wessi-Land. So rückte ich als Zweiter Vorsitzender nach und wurde kommissarisch Häuptling unserer Truppe.

„Welche Führungsaufgaben hat man denn als erster Vorsitzender wahrzunehmen?", wollte Katja wissen.

Darüber hatte ich mir bis dato noch nie Gedanken gemacht, denn für diese Aufgabe wurde ich quasi ins kalte Wasser geworfen. Apropos kaltes Wasser…

„Von't Blasorchester jing die erste Reise nach Luton inna Nähe von London. Det is neemlich die Partnerstadt von Spandau. Wie heißt et so schön? – „Andre Länder, andre Sitten..." Unser Quartier war so ne Art Jugendheim. Für alle jab et Unterkunft und Vapflejung, also „bed and breakfast". Een janz übersichtlichet Essen diente als Beköstijung. Wir aßen an lange Tafeln, uff denen Glaskaraffen mit kaltet Trinkwassa standen. Weil keener wusste, wo dit Jeschirr hinsollte, frachte ick die Bedienung. Die meinte, dit Jeschirr soll nach'm Essen wieder uff den Wagen ruff. Da ick die Bedienung nich richtich vastanden hatte, ick aber imma für klare Verhältnisse war, jab ick nach der Speisung foljende Anweisung: „Männers, mal herhörn! Die leeren Teller bis zum Tischende durchreichen und die Bestecke in die Wassabehälta rin! Die janze Truppe folgte meener Anordnung. Dit Personal war natürlich völlich vadutzt."

„Da hast du dich ja nicht gerade mit Ruhm bekleckert", bemerkte Katja. „Konntest du denn an anderer Stelle auch mal glänzen?"

„Na, nich janz", musste ich zugeben. „Aber dafür hab ick noch 'ne Schote abjeliefert: Nach drei schönen, anstrengenden Tagen stand'n wa denn zur Abreise uff'm Airport von Luton, als dit völlije Chaos ausbrach: Unser Tubist hatte sein Flugticket verlorn und Startrompeta Karl Spiewock sein Schlüsselbund im Hotel liejenjelassen. Als Krönung merkte ick, dass mein Personalausweis im Koffer lag. Blöderweise war der schon längst im Flieja verstaut. Mit viel Verhandlungsjeschick unserer Jastjeber durfte ick schließlich die Passkontrolle passieren. Als wa denn endlich alle zusammen mit eener Stunde Vaspätung abflogen, kam dit nächste Problem: Wie kam ick ohne Personalausweis durch die Passkontrolle in Berlin-Tegel? Nach eener Krisensitzung kam der harte Kern uff eene geniale Idee. Een Musiker hatte außer sein Personalausweis noch een Reisepass dabei. Dit Foto war allerdings mit Brille. Also pumpte ick mir für den Schleusenjang 'ne Brille. – Die Beamten winkten mir durch und keener hat wat jemerckt."

1973

Am 9. Februar 1973 starb mein Vater als 71-Jähriger an einem Schlaganfall im Waldkrankenhaus Spandau. Rätselhafterweise hat mich sein Tod erst viel später berührt. Bei einem Trauergottesdienst mit dem Blasorchester in Grünenplan konnte ich der Tränen wegen und der inneren Erregung kaum blasen. Und so denke ich zwischendurch immer wieder an meinen strebsamen, vorbildlichen Vater, wenn er uns seine Erlebnisse erzählte. In seiner Freizeit fuhr er mit allen Verkehrsmitteln quer durch Berlin, um unsere großräumige Stadt kennen zu lernen. Bewundernd habe ich später immer wieder festgestellt, wie umfangreich seine Kenntnisse über die Straßenbahn, U-Bahn und Busfahrpläne waren. Er brauchte keinen Stadtplan, denn die meisten Straßennamen und Bahnhöfe kannte er auswendig. Heute, bei Stadtführungen, lese ich diese ganzen Namen immer wieder als Bestätigung.

1974

Es kamen die Blåvand-Reisen. Nach meiner Erinnerung könnten es ungefähr sieben Touren gewesen sein. Viele Familien unserer Gemeinde kamen dorthin und es war eine gute Gemeinschaft. Die Familien Flach, Göde, Fehmer und andere waren mit dabei. Während der Ferienzeit hatten die Männer einen Extra-Solotag für Esberg. Die Frauen ließen es sich natürlich nicht nehmen, auch so einen Extra-Tag zu haben. Wir Männer

Der Bläserchor der Evangelisch-Freikirchlichen Gemeinde
Spandau-Jagowstraße.

mit Kindern haben dennoch überlebt. In gewisser Weise haben lange Gespräche mit Reinhold Fehmer dazu geführt, über den Glauben an Gott nachzudenken. Die Strandspaziergänge waren dazu wunderbar geeignet. Trotz der neuen, positiven Ausrichtung plagte mich nachts häufig unheimliche Angst. Oder die Sorgepflicht für die Familie. Zur Beruhigung legte ich immer eine Axt oder einen Hammer unter mein Kopfkissen. Oder aber ich spielte die Schachpartien der Weltmeisterschaft nach, die von dem Russen Spaski und dem Amerikaner Fisher ausgetragen wurden. Ich staunte, wie simpel die Züge dieser Experten waren. Wobei man nicht vergessen darf, dass diese Könner vielleicht 15 Züge und mehr im Voraus dachten.

Gott kennenlernen

1975

Wie in jedem Jahr veranstaltete die Kirchengemeinde von Christel eine Evangelisation. Zu diesem Zweck wurde ein Zelt für rund 200 Personen im damaligen BFF, dem Begegnungszentrum Falkenhagener Feld, aufgestellt. Der Evangelist war Pastor Fritz Schepan, ein Gastprediger. Bei den Veranstaltungen spielte ich im zusammengestellten Bläserchor mit. Der Herr Jesus Christus öffnete mein Herz und am Ende des Abends redete ich mit dem Gemeindepastor Arnold Mähler. Bei mir hatte es „geklingelt". Ich las viel in der Bibel und wollte mich taufen lassen, denn ich erkannte: Ohne Gott ist das Leben ein Irrtum. Früher lautete mein Lebensmotto noch: Ohne Musik ist das Leben ein Irrtum. Diesen Titel hatte auch die erste Schallplatte vom Spandauer Blasorchester. Doch nun war ich zu einer neuen Erkenntnis gelangt.

Im September 1975 wurde von Siegfried Göde der Bläserchor in der Gemeinde Jagowstraße Spandau ins Leben gerufen. Alte Hasen aus den 50-er Jahren wie Karl Simsch und Hans Hoffmann konnte ich für die Anfangsphase noch dazugewinnen. Einige Jahre war ich der Macher, aber in dieser Zeit merkte ich, dass mir die Fähigkeiten zur musikalischen Leitung fehlten. Später kam Dieter Schmidt dazu und wurde unser „Vorturner" auf der Tuba. Ungefähr 30 Musiker sind in den folgenden 20 Jahren tätig gewesen. In der Spitzenzeit haben wir Musiktitel für Big-Bands und Spirituals abgeliefert. Da hat mein Herz gelacht! Höhepunkte waren Reisen nach Bayern und Ostfriesland.

Meine Taufe war am 9. November 1975. Unsere Nachbarin, Frau Ballhausen, schenkte mir eine Bibel von 1794 zur Erinnerung. Mein Taufspruch aus Jeremia 20 mit den Versen 7 und 8 war wegen meines zögerlichen Verhaltens wie eine Bestätigung:

„Herr, Du hast mich überredet und ich habe mich überreden lassen.
Du bist mir zu stark gewesen und hast gewonnen."

Offenbar veränderte ich aufgrund meines Glaubens mein Verhalten und die Lebensweise. Dafür wurde ich von vielen verlacht. Meinen folgenden Geburtstag feierte ich mit der ganzen Familie zu Hause. Es war für mich wie eine Mutprobe, vor meiner Familie laut zu beten. In der Firma riefen die Kollegen „Jesus" hinter mir her. Als ich in der Kantine vor dem Essen betete, sagte jemand: „Mittags wird hier nicht geschlafen!" Diese Erlebnisse machten mir deutlich, dass ich gestärkt werden sollte. Ich erkannte, dass Glauben bedeutet, sich für Gott zu entscheiden und das Leben mit ihm zu gestalten. Ihm vertrauen und das annehmen, was er mir zumutet. Dann sich ab jetzt auf Neues einzulassen. So hatte ich bei diesem Neuanfang immer das Gefühl, irgendetwas mir Angenehmes zu verlieren. Sollte ich alle schönen Dinge aufgeben? Alles, was bis jetzt so eindeutig gegolten hatte, stand nun in Frage. Später kehrte sich diese Einstellung ins Gegenteil zu einer positiven Haltung um. Durch diesen Glauben wurden mir das Herz und die Augen geöffnet. Ich vertraute Gott immer mehr, weil er in vielen Situationen meines Lebens mit mir ging. So hoffte ich, ihn zu spüren, um dann sagen zu können: „Ich glaube an Gott in Jesus Christus."

1976

Nachdem ich das silberne Sportabzeichen bereits 1966 gemacht hatte, war in diesem Jahr Gold angesagt. Bereits zum dritten Mal versuchte ich daher, mit dem Rauchen aufzuhören. Dieses Vorhaben bereitete mir immer wieder durch mein Suchtverhalten große Schwierigkeiten. Aber mein Ehrgeiz half, auch diese Hürden zu überwinden.

„Für welche Sportarten hast du denn damals trainiert?" fragte Katja auf einmal interessiert nach.

Ich musste kurz nachdenken, dann erwiderte ich: „Für die Laufwettbewerbe uff ner Tartanbahn borchte ick mir Spikes-Rennschuhe von Christine Podlesny. Und ab jing de Post: Als obste schwebst! Also, drei Laufwettbewerbe wie Sprint, Mittelstrecke und Langlauf. Dazu Springen und Steinstoßen mit een 15 Kilo-Eisenbrocken. Als dit jeschafft war, war ick och geschafft! Die janzen fünf Turnübungen an een Nachmittach. Dafür kriechste denn dit joldene Sportabzeichen."

1977

Ein Autoparkplatzwunder erlebte ich zur Mittagszeit unter der Woche in der City-West am Zoo. Während der Arbeitspause fuhr ich vom Kraftwerk Moabit zum Europa-Center ins Verkehrsamt Berlin. Für diesen Trip standen mir 30 Minuten zur Verfügung. Da half nur das Gebet zum HERRN. Als ich in die Nähe vom „Wasserklops", dem Springbrunnen am Breitscheidplatz kam, war genau ein Parkplatz vor dem Center auf dem Tauentzien frei. Vor meinem Start hatte ich alles telefonisch geregelt. Im Eiltempo lief ich in das Büro, holte die bestellten Prospekte, die für Berlin-Gäste des Spandauer Blasorchesters bestimmt waren. Dann flitzte ich zurück zum geparkten Auto und nix wie dalli zurück zur Firma. Der ganze Coup klappte auf die Minute! – Gott sorgt auch für Parkplätze… Dieses profane, hektische Erlebnis lenkte meine Gedanken auf den Liedtext: „Meine Zeit steht in deinen Händen". Wenn wir also komplizierte Abläufe in einem engen Zeitraum zu bewältigen haben, können diese nur gelingen, wenn wir das ganze Paket in die Hände des HERRN legen.

1978

Bei aller Lebendigkeit und Bewegung in meinem Leben verspürte ich immer wieder die Sehnsucht nach Ruhe, Frieden und Geborgenheit durch Gott. In all den Jahren erfuhren wir in steter Regelmäßigkeit auf unseren Urlaubsreisen die bewahrende Hand Gottes.

Während der Winterferien wurde Marion vor einem Skiunfall beschützt. Als sie bei einer ungebremsten Abfahrt von mir im letzten Moment aufgefangen wurde. Ohne dieses Eingreifen vor einer Holzwand wären ihre beiden Beine gebrochen gewesen. Auch Katja bescherte uns ein bemerkenswertes Erlebnis bei einem Skiausflug nach Covara in den Dolomiten. Wie üblich wurden die Skiläufer per Gondel, Sitz- oder Bügelliften in die oberen Regionen hochgebaggert. Von einer Zwischenstation fuhren Katja und ich mit einem zweier Bügellift weiter aufwärts. Unterwegs löste sich plötzlich ein Ski von ihren Skischuhen. Mit supersportlicher Leistung balancierte sie fast zehn Minuten neben

Die Klasse 9 V an der Freiherr-vom-Stein-Schule in Spandau.

mir auf einem Bein bis auf die Gipfelstation. Omarie hätte gesagt: „Alle Achtung!"

Nach drei Wochen ging es wieder heimwärts. Auf der Rückfahrt von Sankt Vigil holte uns auf der Autobahn die Dunkelheit ein. Zusätzlich erschwerte eine dicke „Waschküche", also dicker Nebel, die Sicht. Zur vermeintlichen Sicherheit fuhr ich auf der linken Überholspur. Plötzlich lag ein großer Schneeblock von mindestens einem Meter Kantenlänge vor uns auf der Fahrbahn. Ein lebensgefährlicher Aufprall deutete sich an und ich musste den Wagen nach rechts steuern. Kaum hatte ich das Auto auf die Nebenfahrbahn gerettet, tauchten aus der Nebelwand vor mir die Rücklichter eines LKWs auf. Jetzt wurde es dramatisch. Wie von einer unsichtbaren Kraft gehoben, konnte ich wiederum den Lenker nach links reißen und das Fahrzeug an dem Vordermann vorbeizirkeln. Ich kann es mir im Nachhinein nicht anders erklären, als dass unser Schutzengel die ganze Familie samt Auto durch die Luft gehoben hatte. Dem HERRN sei Dank!

1979

Im Februar 1979 organisierte ich ein erstes Wiedersehen der neunten Klasse von der Freiherr-vom-Stein-Schule. In der Vorbereitung hatte ich gemeinsam mit dem damaligen Mitschüler Achim Trippner die meisten Ehemaligen ausfindig gemacht. So kamen nach 30 Jahren 25 Bankdrücker und der Pauker, Herr Stöger, in die Kolk-Schenke von Dieter Zint, der ebenfalls zur Klasse gehörte.

Katja blickte vom Schreiben auf: „Wie waren denn die Lehrer damals so?"

„Herr Stöger war jebürtiger Österreicher und kam vom Militär direkt in den Schuldienst. Da hat er uns natürlich die preußischen Tugenden, also Ordnung, Sauberkeit, Pünktlichkeit, einjebleut. Und wenn eener wat nich begriffen hatte, haute der Pauker mit der flachen Hand uff's Katheder und rief in seinem österreichischen Dialekt: „Du saublöder Hirsch, begreif doch das endlich!", konnte ich mich noch gut erinnern.

„Und was ist aus den Leuten alles geworden?"

„Ick war janz erstaunt, dass die Typen sich vom Charakter kaum vaändert haben. Wir hatten ja alle 'n einfachen Schulabschluss. Eener hatte sich mit 'nem Möbelhandel selbständig jemacht, ansonsten hatte jeder seinen Beruf jelernt: Kaufleute, Polizisten, Handwerker. – Aber richtige Handwerker jibt's ja heute kaum noch…", sinnierte ich.

1980

Die nun folgenden Sommerferien verbrachten wir meistens auf einem Bauernhof bei der Familie Schwanzl in der Oberpfalz. Ab dieser Zeit hatten unsere beiden Mädels den Wunsch, Urlaub auf dem Lande zu erleben. Die erste Anreise gestaltete sich fast romantisch. Als wir mit dem Auto auf Dirnau ankamen, saß die Bauersfrau mit drei Töchtern zur Begrüßung in herrlicher Trachtenkleidung vor dem Haus. Diese Situation stellte sich wie im Film zum Anschauen dar. Bei den folgenden Besuchen nahmen wir auch Omarie mit, wo sie sich wegen der ländlichen Atmosphäre sehr wohl fühlte.

Am Ende eines jeden Jahres ist Weihnachten. Der Heilige Abend ist immer der Höhepunkt der vergangenen zwölf Monate. So auch für unsere Familie. Oma Grete, Omarie und auch die Nachbarin Frau Klein waren viele Jahre in unserer Runde. Das sind schöne und kostbare Erinnerungen, wenn ich an die Musik denke, die mich und meine Lieben den ganzen Tag begleitete. Zuerst spielte ich mit dem Spandauer Blasorchester in zwei Altenheimen, dann mit der Bläsergruppe der Gemeinde vor dem Vespergottesdienst um 16 Uhr aus dem Fenster des Gemeindehauses in der Jagowstraße. Am Ende des Abends posaunte ich zu Hause von unserem Balkon eine Stunde lang Weihnachtschoräle. Diese letzte Vorstellung war eine Entschädigung für die Nachbarn in der Siedlung, die in den Wochen davor meine Übungsstunden ertragen hatten. In den folgenden Jahren erbat man sich schon zur Adventszeit die Weihnachtschoräle am Heiligen Abend.

1981

In diesem Jahr feierten wir Marions Einsegnung im BFF, dem Begegnungszentrum Falkenhagener Feld, unserer Gemeinde. Am Abend saßen die ganze Familie und die Gäste um ein Lagerfeuer. Bei lodernder Flamme und romantischer Atmosphäre sangen wir bis in den späten Abend christliche Glaubens- und Volkslieder. Erlebnisse dieser Art verstärkten immer wieder meine Sehnsucht nach Gott und ich war dankbar, meinen Geschwistern der Gemeinde und der Familie von Jesus zu erzählen. Das bedarf allerdings auch einer gewissen Übung und ist ein Entwicklungsprozess. Obwohl hin und wieder zu meinen Äußerungen geschmunzelt wurde, konnte ich diese Prüfung gestärkt durch den Geist Gottes bestehen.

1982

Wie in jedem Jahr wurde auch diesmal in der Firma eine Weihnachtsfeier veranstaltet. In meiner Malerwerkstatt probte das Künstlerensemble EKMO – Elektrizitätskraftwerk Moabit. Der Drehbuchautor Klaus Kammler, ein Elektriker, hatte ganze Arbeit geleistet. Ich als Produzent

Margarete und August Potzies, die Eltern von Ronald Potzies.

und Regisseur verpackte das Thema in zwölf Akte (wegen der vergangenen zwölf Monate). In der geräumigen E-Werkstatt fand dann die Aufführung statt, in der die meisten Vorgesetzten verulkt wurden. Die Menge johlte und die Darsteller waren zufrieden.

1983

Im Mai meines Jubeljahres konnte ich mit zwei Kollegen, Lothar Maruschke und Werner Hürtler, das 25-jährige Jubiläum in der Firma begehen. Es war eine schöne Feier, zu der auch meine Brüder Helmut und Manfred kamen.

Eine zwischenmenschliche Erfahrung machte ich bei einer ähnlichen Veranstaltung. Mit einer Sparbüchse in Form eines Globus' wollte ich einmal die Gebefreudigkeit meiner Mitmenschen auf die Probe stellen.

Vorher hatte ich mir dafür die Genehmigung der Betriebsleitung und des Betriebsrates eingeholt. Als erstes wurden die Reden und Lobeshymnen für die Jubilare gehalten und danach das Buffet eröffnet. Als die ersten Bouletten und Biere verdrückt waren, hielt ich die Zeit für gekommen, die Bettelaktion zu starten. Der Blechglobus mit dem Schlitz symbolisierte die Sammlung „Brot für die Welt". Tja, und dann kam eine Überraschung nach der anderen. Die kleinen Schlosser waren großzügig und gaben reichlich. Doch etliche vom Führungspersonal drehten und wendeten sich und fragten auch, was ich denn mit dem Geld machen würde. Da lernt man Menschen kennen! Trotzdem konnte ich noch 200 D-Mark einem guten Zweck zuführen.

Ich selbst konnte nur für meine „Schätze" an jedem Tag danken: Meine Familie, die Freunde, Gesundheit, meinen Arbeitsplatz. Und andere Dinge, die erfreuen: Der Anblick des Meeres und der Berge im Urlaub, alles ist nicht so selbstverständlich, es wurde vielmehr zu einem unverdienten Geschenk, sobald ich Gott dafür zu danken gelernt hatte. Das gibt ein beglückendes Lebensgefühl. Man lernt, bewusster zu leben. In jedem Augenblick erfuhr ich erneut, von liebenden Vaterhänden geführt zu werden. Ich wurstelte nicht mehr selbst herum, sondern merkte, was leben heißt. Ich bin beschenkt und habe eine Heimat in dieser Welt und kann sein, wie ich bin. Denn mein Leben hat einen Sinn, da ich frei bin. Frei von dem Druck etwas leisten zu müssen, nur um anerkannt zu werden. Selbst wenn ich enttäuscht wurde, weil ich beispielsweise ein mir gestecktes Ziel nicht erreicht hatte, war ich nicht traurig oder niedergeschlagen, sondern neugierig, wie sich die Zukunft nun neu gestalten würde. Und ich war dankbar dafür, was mir anvertraut war, denn nichts gehört mir und ich bin froh für jeden Tag, den ich erleben darf.

Meine Erkenntnis zum Glauben besteht darin, dass gläubige Menschen den Auftrag bekommen haben, nach Jesus Vorbild zu leben, dennoch gelingt ihnen dies nicht immer. Sie sind genauso mit Fehlern behaftet wie Nichtgläubige, sie sind geltungsbedürftig oder aufbrausend. Und trotzdem sind sie von Gott geliebt und erfahren durch ihn immer wieder die Vergebung ihrer Schwachheit. Sie sind nicht besser, aber besser dran. Aus eigener Erfahrung kann ich sagen, mit Jesus zu leben, ist einfacher und schöner als ohne ihn! Denn Gottesferne bedeutet Einsamkeit in absoluter Leere und Dunkelheit im Nichts der Seele. Ich bin von der

Die Familie Potzies posiert für's Familienalbum:
Ronald, Katja, Marion und Christel (v.l.n.r.).

Schattenseite auf die Sonnenseite gewechselt. Denn durch Jesus erfahre ich Gott. Das glaube ich und so bin ich zufrieden mit meinem Leben.

1984

Unsere Urlaubserlebnisse waren kaum noch steigerungsfähig, wobei die Winterferien immer etwas Besonderes waren. Und wenn man dann oben stand, mitten im Bergpanorama, vergaß man fast zu atmen. Über dir der blaue Himmel. In diesem Moment hatte ich das Gefühl, als ob

Gott mich unterhakt und sagt: „Schau, das ist meine Schöpfung." In diesem Jahr waren wir gemeinsam mit Familie Gebauer im österreichischen Ötztal zu Gast. Die Heimfahrt stand bevor. Am Vorabend hatten wir unsere Sachen gepackt und lagen beim schönsten Sonnenschein im Liegestuhl. Aber mein Gefühl sagte mir: „Ronald, lege die Schneeketten an." Nach drei Obstlern hatte Siegfried Gebauer mich bequatscht, dass man ohne die Eisen runter ins Tal fahren könnte. Was soll ich sagen, mitten in der Nacht wurde ich aus dem Schlaf gerissen. Die Fensterläden fingen an zu klappern und kurz darauf setzte ein tosender Schneesturm ein. Nach kurzer Zeit waren die Straßen völlig zugeschneit. Am Morgen vor der Abfahrt mussten wir nun bei klirrender Kälte und eisigem Wind die Radketten aufziehen.

1985

Am 7. Dezember 1985 starb meine Schwiegermutter Marie Becker an Leukämie. Seit unserem Kennenlernen 1956 war mir Christels Mutter immer wohlgesonnen. Sie selbst war mit Friedrich Karl Becker, kurz Fritz, verheiratet, dessen Großvater wiederum aus Russland stammte. Erst viel später haben wir erfahren, dass deren Vorfahren aus Hindenburg in Ost-Schlesien kamen.

„Was hat dir denn am meisten an Omarie imponiert?", fragte Katja unvermittelt. Omarie war bei uns immer die Kurzform von Oma Marie.

„Sie hat nie vasucht, mir den Glauben an Jott mit Argumenten zu vermitteln", erinnerte ich mich. „Wat hat se sich jefreut, dass ick denn doch noch die Kurve jekricht hab!"

„Und woran erinnerst du dich noch?"

„In 'na Nachkriechszeit musste se ihren Mann für tot erklären lassen, denn die Ämter globten ihr nich, dass se mit so wenich Jeld auskam, um sich und ihre vier Kinder zu ernährn. Sie bekam ja fast nüscht! Die Behörden hamm ihr unterstellt, dass se 'n Freund hab'n müsste. Und so hat se sich nach einijen Jahren dazu durchjerungen, obwohl se lange Zeit die Hoffnung hatte, dass ihr Mann wieda zurückkommt. Uffgrund ihra sparsamen Haushaltsführung isset ihr trotzdem immer wieda jelungen, die Familie satt zu kriejen. Dit bewunda ick noch heut' an ihr."

„Bei Omarie denke ich immer an Brombeeren", wirft Katja ein.

„Ja, Omarie und du, ihr ward ja rejelmäßich zusammen spazieren. So ooch an eenem Abend im Herbst, als ihr zusammen unterwegs ward, um Brombeern am Bahndamm zu pflücken. Draußn wurdet schon dunkel und Christel und icke machten uns schon Sorjen. So lang blieb se nie mit dir weg! Irjendwann spät am Abend klingelts und Omarie steht mit dir vor de Türe. Bei dit eifrige Beerensammeln hat euch die Dunkelheit glatt überrascht!", erzählte ich.

1986

„Und wie war das Verhältnis zu deiner eigenen Mutter?", wollte Katja wissen.

„Sie war mir immer 'ne jute Mutta. Inne Kriegs- und Nachkriegsjahre war ick als Ältester ihre rechte Hand und ick fühlte mir vapflichtet, dit ooch innerhalb der Familie zu sein. Andererseits muss ick sagen, dass ick in der Zeit ooch viele traumatisierende Erlebnisse hatte: SS-Soldaten, Krieg, Zerstörung, Verjewaltijung, Flucht, die brennende Stadt Spremberg, Tiefflieger uff de Landstraße, die Soldaten inne Straßengräben an uns vorbei zur Front, Hunga, Leid, Müdichkeit, Angst. Heutzutage würd ick bei so 'nem Trauma 'nen Psychologen zur Seite jestellt kriejen! Bei mir tat dit Jesus Christus."

„Hast du deshalb vielleicht auch irgendwelche Schuldgefühle gegenüber deiner Mutter?"

„Doch, ooch. Viele Jahre machte ick mir Vorwürfe, ihr nich den Lieblingswunsch erfüllt zu haben. Sehnlichst wollte se innen Schwarzwald, denn sie war in ihrem Leben noch nie verreist. Der Herr wird mir dit Vasäumnis jerade jerückt hamm. Am 23. März 1986 is meene liebe Mutta Grete von uns jejangen. Nach sechs Wochen Uffenthalt im Lynarkrankenhaus verstarb se. Wenn ick se am Sterbebett besuchte, hielt ick ihre Hand und las ihr den 23. Psalm vor. Unser damaliger Pastor Ernst Schirrmacher sachte mir später, dass se noch zum Glauben fand...", beendete ich meine Gedanken.

In dem gleichen Jahr wurde der Bläserchor der Baptistengemeinde Spandau Jagowstraße 75 Jahre alt. Im Alleingang erstellte ich die

Jubelschrift. Noch heute kann man darin nachlesen, dass sich im Jahr 1911 „sieben Brüder zusammenfanden" und 1934 der Chor bereits auf 30 Bläser angewachsen war. Allerdings war gerade 1932 ein entscheidendes Jahr, in dem auch viel demonstriert wurde und „es zu blutigen Auseinandersetzungen zwischen SA und dem Rotfrontkämpferbund kam." Trotz dieser Unruhen konnten die Bläser ohne Störung mit Wort, Lied und Musik das Evangelium in die Öffentlichkeit tragen (so die Festschrift). Während des Zweiten Weltkrieges musste die Tätigkeit mangels ausgebildeter Bläser ruhen – die Männer waren ja alle im Soldatendienst. 1950 gründete sich der Bläserchor erneut und musizierte bis Mitte der 60er Jahre. Erst 1975 wurde der Spandauer Posaunenchor wieder neu ins Leben gerufen und versah seinen Dienst bis Anfang der 90er Jahre.

Mit den damaligen Musikern erlebten wir im Jahr 1986 eine wahre Hochzeit, so auch in den folgenden Jahren. Mit einem Elitechor fuhren wir zu einem Gegenbesuch nach Westoverledingen in Ostfriesland. Die herzliche Aufnahme unserer Gastgeber erwiderten wir mit einer exzellenten musikalischen Darbietung. Den Aufmacher trugen wir in historischen Kostümen mit zwei Fanfarenbläsern und einem Herold vor. Nach dem Konzert lernten wir die unendliche Weite von Ostfriesland kennen. Man zeigte uns auch ein Dorfschulmuseum mit der Besonderheit, dass hier noch Unterricht abgehalten wurde. Unsere Gruppe wurde in die Lehrstunde von Beginn an einbezogen. Als erstes hatte Christel zum Beispiel die Schulglocke an einem langen Seil zum Läuten zu bringen. Dann wurde ich aufgefordert, das Eingangsgebet zu sprechen. Im Wechsel mussten einige an die Tafel und ihr Wissen unter Beweis stellen. Neben dem Schiefergestell war der Spucknapf mit Sand gefüllt und man konnte… na ja! Als der Lehrer erfuhr, dass ich 1945 schon einmal hier war, erbat er sich einen Aufsatz über das Thema Hunger. Er erklärte, dass die hiesigen Kinder diesen Zustand nur von der Schreibweise kannten. So verfasste ich meine eigenen Kindheitserinnerungen und schickte sie dem Schulleiter. Eigentlich kann man Hunger gar nicht beschreiben. Dieses Gefühl des knurrenden Magens. Hunger tut weh, bereitet Schmerzen. Man denkt von einer Mahlzeit zur nächsten, während des Essens bereits an die nächste Mahlzeit. Alles dreht sich nur ums Sattwerden. Man kann vor Hunger nicht einschlafen. Aber wer es nicht selbst erlebt hat, kann sich das nicht vorstellen.

Silberhochzeit! Man stelle sich vor, Christel und ich waren schon 25 Jahre verheiratet! Nach so langer Zeit entwickelt sich eine Partnerschaft. Man unterhält sich, ohne was zu sagen. Man tut Dinge, von denen man weiß, dass der andere sie schon erwartet. Wir haben eigentlich gemerkt, dass wir fast immer auf derselben Schiene waren, die gleiche Wellenlänge hatten. Ob das jetzt Kultur, Musik oder Theater waren oder die Erziehung der Kinder. Wir hatten eigentlich immer die gleichen Vorstellungen über unsere Lebensform. Wir haben uns bei der Erziehung auch nie widersprüchlich verhalten, und so haben unsere Kinder gemerkt, dass es eine klare Linie gab. Und wir haben versucht, unseren beiden Töchtern gute Umgangsformen beizubringen.

Ich will nicht von Liebe auf den ersten Blick sprechen, sondern vielleicht eher von Sympathie auf den ersten Blick. Dadurch ist unsere Beziehung langsam gewachsen und hat eine Festigkeit bekommen und ist so schließlich zu einer tiefen Liebe geworden.

1987

Ich las die Zeitungsannonce: „Suche Konzessionsträger." Nachdem wir uns handelseinig geworden waren, schloss ich einen Vertrag mit Walter Jaklowsky. So entstand die Firma „Jako GmbH, Meisterbetrieb". Meine Partnerschaft ergab sich durch den Meistertitel, der die Eintragung in die Handwerksrolle ermöglichte und für öffentliche Ausschreibungen nötig war. Mehr als meinen Titel zur Verfügung zu stellen, musste ich für meine Entlohnung nicht tun.

Durch dieses zusätzliche Einkommen hatte meine Familie nie eine finanzielle Not. Auch die Bewag vereinbarte für ihre Arbeitnehmer immer sehr gute Lohnverträge. So ergab sich, dass Geldsorgen uns nie plagten. Da ein Hausbau nie für uns ein Thema war, konnten wir gut leben und nahmen es dankbar vom HERRN.

Ende 1998 konnte der Firmeninhaber mich nicht mehr halten und wir trennten uns im guten Einvernehmen. Erst beim Abschiedsgespräch erfuhr ich, dass Walter Jaklowsky gar kein Maler, sondern Glasbläser von Beruf war!

1988

Nach dreijähriger Wartezeit kauften wir in diesem Herbst einen Garten auf den Egelpfuhlwiesen in Spandau. Alle Ersparnisse legten wir zusammen, um 50.000 D-Mark auf den Tisch zu legen. An einem Samstagvormittag war die Besichtigung um 11.00 Uhr angesetzt. Christel und ich waren schon eine Stunde vorher angetreten. Diesen Trick hatte ich meinem Lehrgesellen Willi Bauer abgeguckt, der auf die gleiche Art sein Haus erwarb. Der Vorbesitzer zeigte uns das Haus und Grundstück mit allem Zubehör. Weil das ganze Angebot unseren Vorstellungen entsprach, schlossen wir sofort einen Kaufvertrag ab und als die nächsten Mitbewerber zur angesetzten Zeit kamen, gehörte die „Boje 34" schon der „Firma Potzies". In der nächsten Saison luden wir circa 20 bis 30 Gäste nacheinander ein, um viele Freunde an unserem Glück teilhaben zu lassen.

Um die Osterzeit bescherte uns eine Israel-Ägypten-Reise mit Pastor Friedhelm Lorenz viele nachhaltige Erlebnisse. Wenn man Israel einmal mit den historischen Stätten gesehen hat, dann liest man die Bibel besonders plastisch. Beispielhaft ist der Mosesberg, wo wir eine Tour nachts gegen zwei Uhr starteten, um nach etwa vier Stunden Aufstieg auf dem Gipfel den Sonnenaufgang zu erleben. Dies inspirierte unsere Gruppe, einen Choralgesang anzustimmen, um dann wieder beglückt abwärts vorbei am Katharinen-Kloster diesen Tag zu beenden.

Ägypten und speziell Kairo sahen wir ganz anders. Die Einfahrt per Bus in die Hauptstadt war ernüchternd. Vorbei an einem großen Friedhof. In den Mausoleen wohnten etwa eine Million Menschen. Gespenstisch wirkten die nackten Glühbirnen, die die Gräber und Gänge in mattes Licht versetzten. Die Jahrtausend alte ägyptische Kultur und deren monumentale Bauten entschädigten uns dann aber und wir vergaßen den ersten Schock. Die Pyramiden und die Sphinx waren natürlich die Höhepunkte der Reise! Ein Flug nach Luxor und zu den Pharaonengräbern rundeten diese Reise fantastisch ab.

1989

Am 9. November 1989 fiel die Berliner Mauer. Nach monatelangen Protesten und Gebetsgottesdiensten in den Kirchen, speziell in Leipzig, brach die Diktatur in der DDR zusammen. Ohne Blutvergießen. Der wirtschaftliche Ruin zwang deren Regierung geradezu, die Pleite dieser Ideologie einzugestehen. Ich selbst habe die Grenzöffnung damals am Fernseher miterlebt. In der Zeit, als wir in der einmauerten Stadt lebten, fühlten wir uns wie in einem Freilichtgehege. Wir hätten niemals damit gerechnet, dass wir diesen Moment des Mauerfalls noch miterleben würden! Sie war bis dahin immer ein fester Bestandteil unseres Lebens. Die Mauer gehörte dazu und war auch nicht wegzudenken. 28 Jahre lang. Da wir in unmittelbarer Nähe des Mauerstreifens wohnten, machte ich meine Sportübungen immer morgens um sechs Uhr entlang der Grenze. Ich kann mich noch gut an das Gefühl erinnern: Die Angst, dass die DDR-Grenzschützer schießen könnten. Mitten in der Dunkelheit. Stattdessen begleitete mich das Gebell der Hunde, die angeleint an den Schutzzäunen entlangliefen.

Später wurde anstelle der Zäune eine vier Meter hohe Mauer gebaut. Die Berliner Mauer. Als diese im November 1989 fiel, gingen wir dorthin, um ein paar Stücke herauszubrechen. Einige dieser Erinnerungsstücke verschenkte ich innerhalb der Familie, und bis heute steht noch ein Brocken davon in unserer Vitrine im Wohnzimmer.

Auch mein Schwager Günter Becker machte seine Erfahrungen als Grenzpolizist auf West-Berliner Seite, von denen er uns regelmäßig erzählte. Es herrschte oft Normalität zwischen den Uniformierten, indem sich Volkspolizisten und West-Berliner Polizisten unterhielten. Dann warfen die West-Berliner Polizisten Zigarettenpäckchen über die Absperrungszäune in den Osten. Auf einem fünf Meter breiten Weg parallel zur Grenze fuhren die West-Alliierten regelmäßig Patrouille.

Eines Tages erzählte uns Günter einmal folgende Geschichte: Ein paar Polizisten aus West-Berlin luden nachts zwei Vopos zu einer heimlichen Spritztour durch Spandau ein. Die beiden nahmen die Einladung an. Als sie durch die Spandauer Innenstadt fuhren, sahen sie das Lichtermeer aus Straßenbeleuchtung, Werbung und Ampeln. Da fragte einer von beiden: „Habt ihr das alles inszeniert, um uns zu imponieren?" – Offenbar konnten sie sich nicht vorstellen, dass wirklich alles so funktionierte!

Potzies

Das Wappen der drei Brüder Potzies mit Lindenblatt,
Violinschlüssel und Kreuz.

Um meine Vorfahren zu würdigen, erstellte ich ein Familienwappen der Brüder Manfred, Helmut und Ronald Potzies. Nach 15 Entwürfen mit heraldischer Fachberatung wurde der Eintrag in die deutsche Wappenrolle abgelehnt. Ein arrogantes Gremium erwartete von ihnen beauftragte Heraldiker als Hersteller unseres Wappens. Ohne Vitamin B ging also auch hier nichts. Als Entschädigung fertigte ich für uns drei Brüder die jetzige Wappendarstellung an. Eine Beziehung zur Heimat oder die Geburtsorte der Wappenstifter wirkt sich in fast jedem neu geschaffenen Familienwappen aus. Das kann durch Figuren, Symbole oder Farben geschehen.

Das Wappen der Familie Potzies hat drei Grundfarben: schwarz, weiß und rot. Drei Symbole sind auf drei weißen Schilden dargestellt: Ein schwarzes Lindenblatt, ein schwarzer Violinschlüssel und ein schwebendes, schwarzes Hochkreuz. Die drei Schilde deuten auf die drei Brüder hin, die dieses Wappen stifteten. Die Bilder in den Schilden weisen auf die Naturverbundenheit (Lindenblatt), die Liebe zur Musik (Notenschlüssel) und den christlichen Glauben (Kreuz) hin. Die Farben schwarz und weiß deuten auf die Herkunft ihres Vaters aus Ostpreußen hin, rot und weiß (als die Flaggenfarbe Berlins) auf die Berliner Heimat der Brüder.

Der Name „Potzies" kann laut einem Namensforscher etwa so entstanden sein: pocas oder pacas führt zurück auf einen griechischen Heiligen mit dem Namen Hypathius, übersetzt „der Höherstehende". Daraus entwickelte sich impat, patius, pacius und irgendwann zu pocies, heute Potzies. Vermutlich stammt der Name aus dem Litauischen.

1990

Unsere Tochter Marion heiratete am 14. September 1990 Matthias Fenske. Einige Biker-Freunde begleiteten die beiden auf ihren Motorrädern. Als Hochzeitskutsche hatten sie sich eine Harley-Davidson ausgeliehen und kreuzten damit vor dem Standesamt auf. Die kirchliche Hochzeit fand in unserer Gemeinde statt, genau einen Tag nach der Trauung ihrer damaligen besten Freundin Anja Fehmer.

Marion wurde schon relativ früh selbständig. Mit 17 Jahren hatte sie schon eine eigene Wohnung und ging bereits als Jugendliche für ein Jahr nach Dorfweil, da sie noch keinen Ausbildungsplatz hatte. Ihr Berufswunsch stand schon zeitig fest: Sie wollte Kinderkrankenschwester werden. Damit hatte der Ablösungsprozess schon sehr früh begonnen und das Ereignis der Hochzeit traf mich so nicht ganz unvorbereitet.

1991

Als Folge der deutschen Wiedervereinigung ergaben sich in der Wirtschaftspolitik grundlegende Veränderungen. Die durch die Teilung getrennten Firmen wurden wieder zusammengeführt. Und es zeigte sich, dass dadurch große Konzerne in den meisten Bereichen plötzlich doppelte Kapazitäten hatten. Dies machte sich zuerst bei den Arbeitskräften bemerkbar. Die notwendigen betrieblichen Einsparungen wirkten sich auch bei der Bewag im Kraftwerk Moabit aus. Viele Wartungs- und Instandhaltungsarbeiten wurden zunehmend an Fremdfirmen vergeben. Da ich in der ersten Hilfe ausgebildet war, wurde ich jetzt als Betriebssanitäter eingesetzt. Nachdem ich morgens die Sanitätsstube betrat, war mein erstes Gebet zum Herrn Jesus, mich mit einem schweren Arbeitsunfall zu verschonen. Zum Glück passierten während meines Dienstes auch nie irgendwelche großen Verletzungen...

1992

Am 30. Juli 1992 wurde ich zum ersten Mal Großvater. Felix war geboren. Meine Freude war riesig, dennoch konnte ich mich nur langsam mit dem Titel „Opa" anfreunden.

Gleichzeitig merkte ich noch an einer anderen Stelle, dass ich älter wurde. Ein Bandscheibenschaden beendete mein Arbeitsleben. Der behandelnde Arzt Dr. Neugebauer ordnete eine sofortige OP an. Meine liebe Christel legte gleich den Rückwärtsgang ein und besorgte mir ein Bett im Krankenhaus. Dort wurde der Schaden konservativ behandelt. Auf meinen Wunsch kam unser Pastor Ernst Schirrmacher und die Gemeindeleiter Klaus Androwsky und Harald Pfeffer, um über meine Krankheit zu beten. Nach dem Bibelstudium regte mich die Stelle im Jakobus 5, 14-15 an, die Brüder darum zu bitten. Dort steht:

„Ist jemand unter euch krank, der rufe zu sich die Ältesten der Gemeinde, dass sie über ihm beten und ihn salben mit Öl in dem Namen des HERRN. Und das Gebet des Glaubens wird dem Kranken helfen, und der HERR wird ihn aufrichten; und wenn er hat Sünden getan, wird ihm vergeben werden."

Ich wurde nicht geheilt, aber ich konnte jetzt damit besser umgehen. Ich fühlte mich in Gott geborgen und hatte keine Angst mehr. Als sich der Krankenhausaufenthalt dem Ende näherte, bot die Chefärztin sich an, den Antrag auf Arbeitsunfähigkeit für mich zu stellen. Von diesem Moment an durfte ich zu Hause bleiben. Meine innere Unsicherheit veranlasste mich, bei drei verschiedenen Stellen Auskünfte über die zu erwartende Rentenhöhe einzuholen. Da ich insgesamt 43 Jahre gearbeitet hatte, war diese Sorge aber zum Glück unbegründet.

1993

Ich erlebte in diesem Jahr ein unglaubliches Auto-Wunder. Mit unserem Daimler 200 fuhr ich auf dem Magistratsweg in Richtung Seegefelder Straße. Genau in der Senke der Eisenbahnunterführung blieb der Wagen stehen. Da keine Hilfe in Sicht war, stieg ich aus dem Auto und schob unser 20 Zentner schweres Fahrzeug bis zur ebenen Straßenhöhe. Nach circa 80 Metern bergauf oben angekommen, war ich fix und fertig. Bis heute erklärt sich mir das alles nicht anders – mein Schutzengel hatte mir den PKW da 'raufgeschoben. Gelobt sei Jesus Christus! Die Ursache für das Liegenbleiben stellte sich dann in der Werkstatt heraus: Die Benzinpumpe war kaputt.

1994

Am 29. November 1994 verstarb mein Bruder Helmut an einem Hinterwandinfarkt. Bei Hausarbeiten nach Feierabend bekam er starke Schmerzen und musste sofort mit der Feuerwehr ins Lynarkrankenhaus gebracht werden. Ein ganzes Ärzteteam konnte ihn nicht retten.

Noch am 31. Oktober hatten wir seinen 60. Geburtstag gefeiert. Seine Frau Brunhilde und die Kinder Sabine und Kerstin brauchten viele Jahre, um diesen Verlust zu bewältigen. Der Anruf von Brunhilde erreichte uns mitten in der Nacht gegen halb zwölf. Am Telefon merkte ich schnell, wie schwer es ihr fiel, überhaupt zu sprechen. Wir fuhren sofort los, um bei ihr zu sein.

Die drei Brüder Helmut, Manfred und Ronald Potzies im Jahr 1959.

Bei seiner Beerdigung spielte das Spandauer Blasorchester und begleitete ihn so auf dem letzten Weg. Dort trafen wir auch viele Freunde aus der Jugendzeit, die den frühen Tod mit großer Betroffenheit aufnahmen. Helmuts Tod löste bei mir die gleiche Reaktion aus wie schon der Tod meines Vaters. Mich begleitete noch sehr lange Zeit ein Taubheitsgefühl.

Wir drei Geschwister hatten immer ein sehr gutes Verhältnis zueinander und es war nicht vorstellbar, dass einer von uns nicht mehr da sein sollte. Dadurch, dass wir auch immer zu dritt Musik gemacht hatten, war die Verbundenheit unter uns Brüdern besonders eng. Wir verbrachten somit viel Freizeit miteinander. Und jetzt fehlte auf einmal ein Akkordton…

Enkel Felix als begeisterter Fußballfan.

1995

Wenn man im Film die imponierenden Silhouetten wahrnimmt, ist New York eine faszinierende Stadt. Aber einen Urlaub dort verbringen? Nein, und nochmals nein! Das war für mich nicht diskutabel. Aber was kam dann? Meine Zissi, die fleißige Preisausschreiberin, gewann eine Reise in diese einzigartige Metropole für zwei Personen! So flogen wir beide zwangsweise über den Teich in die neue Welt. – „War denn doch scheen!" Ein Gottesdienst in Haarlem in der Baptist Church war das tollste Erlebnis. Solche Begeisterung hatten wir noch nie erlebt. Die dicken, schwarzen Mamis in weißer Kleidung waren besonders beeindruckend. Ein buntes Gemisch vieler Nationen sorgte für eine bewegende Anbetung. Zum Schluss sangen alle Teilnehmer das Lied „Stille Nacht", ein jeder in seiner Sprache. An diesem Adventssonntag verließen wir völlig gerührt mit Tränen in den Augen die Veranstaltung. Jesus sei Dank dafür.

1996

Besonders wichtig war mir mit zunehmendem Alter der Kontakt zu meinen beiden Enkelkindern Felix und Jonas, der auch bald geboren werden sollte.

„Stimmt, früher hast du immer Stadtrundfahrten mit Felix unternommen. Wie bist du denn auf die Idee gekommen?", wollte Katja wissen.

„Ja, meen Vata machte mit mir viele Ausflüje durch Berlin. Wir starteten immer unsere Touren mit'm BVG-Bus, der damals noch harte Holzbänke hatte vom Straßenbahndepot in Pichelsdorf. Viele Jahre späta holte ick meen ersten Enkel Felix von sein zu Hause ab und wir bejannen unsre Reise an na Endhaltestelle am Friedhof „In den Kisseln". Mit dem jroßen Jelben jing die Tour in Richtung Gatow/Kladow los. Wejen der juten Aussicht saßen wa natürlich Oberdeck inne erste Reihe. In Kladow war Umsteijen anjesacht. Wir marschierten runter zu de Uferpromenade an ne Dampferanlejestelln und ruff uff dit BVJ-Schiff. Von hier aus schipperten wa in den vornehmen Süden von Berlin nach Wannsee. Da setzten wa uns inne S-Bahn und zuckelten nach Friedrichstraße, Berlin-Mitte. Von da wieda runter in' Keller und mit de U-Bahn nach Westen. Als der Zuch zwischen zwee Bahnhöfe plötzlich stehnblieb, sagte der fünfjährige Felix doch prompt:

„Du, Opa, jetzt stehen wir bestimmt im Stau!"

Uff halber Strecke am Bahnhof Zoo machten wa 'ne Pause. Also rin in de Boulettenschmiede bei Mc Donalds. Dit war schon een ritualet Muss. Nachdem die Auswahl jeklärt war, reihte ick mir also in die Warteschlange der Hungrijen ein. Als ick denn bezahlt hatte und mit dit Tablett mir umdrehte, blieb ick wie anjewurzelt stehn. Meen kleena Felix war vaschwunden! Ick war wie jelähmt und zich Jedanken schwirrten mir durch'n Kopp. Doch schnell löste sich meene Spannung und ick brüllte so laut wie een Löwe:

„Feeelix!"

Gleich danach kam dit mir mit eenmal so vor, als ob dit laute Stimmenjewirr plötzlich janz stille war. Und denn, wie aus'm Boden jestampft, stand er vor mir und stotterte:

„Opa, ich habe schon mal Strohhalme und Servietten geholt."

Mensch, war ick erleichtert!"

Ein Satz zu den „Lujas": Die Urheberrechte dieses Namens müssen Felix zugeschrieben werden. Denn er muss wohl bei den sonntäglichen Gottesdiensten von den Gemeindegesängen viele Hallelujas mitgehört haben. Für die Namensgebung seiner Großeltern mütterlicherseits kürzte er also praktischerweise diesen Jubelausdruck auf den Schlussakkord. Seitdem sind Christel und ich „die Lujas".

1997

In diesem Jahr setzte eine ernsthafte Krankenphase bei mir ein. Als mein Urologe Dr. Liermann bei einer Routineuntersuchung Blut im Urin feststellte, wurde ich sofort ins Moabiter Krankenhaus eingewiesen. Ein Blasenkarzinom wurde entdeckt und wegoperiert. Da diese Erkrankungsart sich zu einem so genannten Rasenwuchs entwickelte, musste ich alle sechs Monate zum Entfernen ins Krankenhaus. Nach zehn Operationen innerhalb von fünf Jahren beruhigten sich diese Gewächse. Ein Gutachten bestätigte der Berufsgenossenschaft, dass es sich um eine Berufskrankheit handelte, die ich mir mit dem Umgang mit vielen aggressiven Lösungsmitteln zugezogen hatte. Man erklärte mir, dass diese Verdünner über die Nieren in die Blase gelangt waren. Weil eine zwischenzeitliche Anwendung mit Kortison zur Inkontinenz führte, wurde dieses Medikament wieder abgesetzt. Ich danke dem HERRN, dass diese Dinge sich bis heute beruhigt haben. Als Nachsorge gehe ich jetzt alle sechs Monate zur Kontrolluntersuchung.

Am 28. November wurde Jonas als unser zweiter Enkel geboren. Oma Luja, also Christel, fotografierte pausenlos und hielt den Wonneproppen in allen Lagen auf Fotos gebannt. Für beide Jungen legte meine Zissi ein extra Erinnerungsalbum an.

Klaus und Eva Lengwenath aus der Gemeinde waren die ersten Gastgeber der so genannten „Würfelrunde". Die lieben Geschwister hatten noch dazugeladen: Verena und Reinhold Fehmer, Gudrun und Eberhard Flach, Christa und Siegfried Göde, Christine und Thomas Klüver, Rosi und Wolfgang Stach sowie Christel und ich. In dieser Gemeinschaft verlebten wir etliche schöne Stunden. An den besagten Abenden wurde dann auch der nächstfolgende Gastgeber nach einem abgesprochenen Modus ausgewürfelt.

1998

Nach meinen Informationen gibt es in Deutschland zurzeit 24 Mal den Namen Potzies. Im Sommer 1998 versammelten sich drei dieser Familien in Paderborn. Bei der Wiedersehensfeier in einer größeren Turnhalle begegneten sich alle Verwandten mit dem besagten Namen. Jeder Familienstammbaum stellte sich den anderen vor und es wurden Fotos gemacht. Man wanderte von Gruppe zu Gruppe, machte sich bekannt und tauschte Erinnerungen von damals aus.

Vor dem Kriegsende nämlich waren einige Angehörige vor den Russen nach Westen geflüchtet. Sie zogen aus ihrer Heimat im Memelland, dem heutigen Litauen, zu Fuß, mit dem Pferd oder Pferd und Wagen bis nach Sachsen. Diese Gegend entsprach überhaupt nicht ihren erwarteten Hoffnungen und so drehten sie wieder um und fuhren zurück nach Ostpreußen. Auf den eigenen Höfen arbeiteten sie dann als Angestellte der russischen Verwaltung für ihren Lebensunterhalt. Meine gleichaltrigen Cousins mussten über vier Jahre in der sowjetischen Armee dienen. Nach etlichen Anträgen durften sie schließlich doch noch nach Westdeutschland ausreisen. Von diesem freiwilligen Zwangsaufenthalt erzählten sie viele für uns kaum vorstellbare Erlebnisse mit der russischen Lebensmentalität. Bei den Besatzern bestimmte der Wodka von morgens bis abends deren Tagesprogramm. Da ich schon als elfjähriger Bengel im Mai 1945 russische Gewohnheiten bei den Soldaten kennengelernt hatte, erschienen mir die abenteuerlichen Schilderungen durchaus glaubhaft.

So erzählte mir zum Beispiel mein Cousin Johann Schernus eine skurrile Geschichte dieser zwangsumgesiedelten russischen Bauern. Die lebten nun in dem für sie neuen Land im Memeler Grenzgebiet völlig unmotiviert auf fremden Höfen. Morgens nach dem Aufstehen standen sie im Türrahmen oder saßen vor dem Haus auf der Bank und schauten sehnsüchtig nach Westen, wo das Paradies sein sollte.

„Diese Unwirklichkeit konnten die meisten nur im Suff ertragen", erzählte mein Cousin und fuhr fort.

„Also brauten sie sich selbst den Stoff aus Kartoffeln. Selbst Unbegabte bauten sich dafür eine Destillationsanlage. Als Brennmaterial brach nun der besagte Iwan nach und nach die Holzbretter der nahe gelegenen Scheune ab. Und dann kam der Höhepunkt: Im Mittelgang der zweigeteilten Tenne war ein Leiterwagen abgestellt. Eines Tages wurde dieser Wagen gebraucht und man zog ihn an der Deichsel aus dem Unterstand. In dem Moment, als der Erntewagen draußen auf dem Hof stand, fiel die ganze Scheune in sich zusammen", führte Johann aus. „Erst jetzt bemerkten alle Beteiligten, dass nur noch das Gestell auf Rädern den ganzen Holzverschlag zusammenhielt."

Zurück zu unserer Sippe. Der Berliner Clan war ja eingeladen worden, weil mein Vater August Potzies zu einer dieser Familien gehörte. Aus meiner Kindheit kannte ich noch andere Familien – Schernus und Pusche. Sogar aus dem heutigen Litauen kamen noch einige Namensvettern nach Paderborn. Im Ganzen sollen es so an die 200 Personen gewesen sein, die sich an diesen Tagen wiedersahen und umarmten. Die Familie Michel Potzies, bei denen wir wohnten, erzählte uns, dass die meisten von ihnen zur Glaubensgemeinschaft der Evangeliumsbaptisten gehörten. Diese Christen gehören zu einer eher konservativen Gruppierung. Wer hätte wohl jemals ahnen können, dass die beiden Familien Potzies und Becker beide baptistische Wurzeln haben...?

„Mit 66 Jahren..."

1999

Unser Garten war als Treffpunkt mit vielen Freunden bestens geeignet. Die „Boje 34" bietet ein Fassungsvermögen von bis zu 30 Gästen. In diesem Sommer hieften wir alle Veteranen vom Spandauer Blasorchester mit ihren Frauen an Bord. Als Überraschungsgast brachte mein Bruder Manfred unseren ehemaligen ersten Vorsitzenden, Dietrich Austermann, einen ehemaligen Bundestagsabgeordneten in unser „Boot". Wir haben gefeiert, bis die Sonne unterging und von den gemeinsamen Erlebnissen geplaudert. Der Gesprächsstoff über die Schoten von damals ging nie aus. Der Austausch über die internen Feiern wie Weihnachten, Kegelabende, die Auswärtskonzerte im Siegerland, diverse Schützenfeste und als Höhepunkt die Luton-Reise nach England ließ alle dieses Wiedersehen nicht vergessen.

2000

Die Jahreswende war der Beginn des dritten Jahrtausends nach Christus unserer Zeitrechnung. Die Welt feierte das „Millenium" und wir, Christel, ich und die ganze Gemeinde, dankten dem Herrn Jesus für die vielen Jahre des Friedens seit 1945. Er war ja kein Traum. Die Zeit zurückzudenken, in der wir alle so aufregende Dinge miterlebt hatten. Sicher waren nicht alle Wünsche in Erfüllung gegangen, aber unerfüllte Wünsche gehören ebenso zum Leben. Eigenwillig versuchte ich manchmal Korrekturen an mir selbst vorzunehmen, bis ich merkte, der Herr Jesus wollte mich in eine ganz andere Richtung lenken. Aber erst im Alter lässt man sich besser belehren und schwenkt dann um und dankt dafür.

2001

Am 11. September 2001 schalteten wir gegen Mittag aus unerklärlichen Gründen den Fernseher an und wurden Zeugen einer Übertragung des

Flugzeugattentats auf das World Trade Center in New York. Diese dramatische Situation mitanzusehen, wie zwei Selbstmörder-Piloten mit vollbesetzten Passagiermaschinen nacheinander in die beiden Zwillingstürme hineinflogen, ließ uns den Atem stocken. Man kann sagen: Die Welt war geschockt. Zur gleichen Zeit wurden noch andere amerikanische Regierungsgebäude in Washington zerstört. Diese politisch motivierten Aktionen hatten wahrscheinlich die Absicht, der Hochfinanz und dem westlichen Wertesystem zu schaden, was ja auch gelang. An diesem Tag ahnten Christel und ich noch nicht, welche Bedeutung dieses Attentat für die gesamte westliche Welt haben würde.

2002

Mit zunehmender Zeit bereitete mir meine rechte Hüfte immer größere Schmerzen. Nachdem ich diese sechs Monate mit Tabletten überbrückt hatte, musste dann doch ein Ersatzteil im Waldkrankenhaus eingebaut werden. Die anschließende Reha-Behandlung bekam ich in Bad Freienwalde über Weihnachten und Neujahr. Um wieder fit für zu Hause zu werden, absolvierte ich meine Trainingsrunden mit den Gehhilfen auch im strengsten Winter draußen im Freien um die Häuser.

Im gleichen Jahr überreichte Christus selbst eines der schönsten Geschenke unserer Familie. Mein Bruder Manfred nahm Jesus Christus als seinen HERRN und Erlöser an. Jetzt wurde mein leiblicher Bruder mein enger Vertrauter. In den vielen Jahren davor hatten wir durch das gemeinsame Musizieren schon immer einen gewissen Gleichklang, aber der Glaube an Gott schweißte uns nun vollends zusammen.

„Wie ist denn dein Glaube für andere sichtbar geworden?", hakte Katja ein.

„Ick hab mir mit mein Berliner Dialekt imma inne Jemeinde einjebracht. Jerne denk ick noch an den Sonntach, wo ick inne Haselhorsta Jemeinde als Berlina Orijinal bei Uwe Dammans Predict „Paule hat jesacht" mitjewirkt habe. Da hab ick och een Jedicht an unsern Herrjott als Berlina Pflanze vorjetragen, wat mir sehr ans Herze jing. Und dit jing foljendermaßen:"

Lieba Jott, bei Dir is schön

Manchmal sitz ick janz alleene inne Kirche vor 'n Altar
Und denn denk ick, ob mein Leben überhaupt wat Jutet war?
Ick bin siebzich, kann noch loofen, kann noch kieken,
kann ma koofen, wat ma irjendwie jefällt.
Mir jeht's jut uff diese Welt!
Wie ick neulich da so sitze uff de harte Kirchebank,
musst ick an die andan denken, die janz arm sind und ooch krank,
die janz einsam sind und weenen; denn für die, da jibt's kaum eenen,
der se mal an't Herze drückt oder mit een Wort bejlückt.
Lieber Jott, ick weess, jetzt frachste, ob ick det nich ändan kann.
Hör ick richtich, Du, wat sachste?
Ick wär doch der richtje Mann, der trotz siebzich manch een'n Armen
könnte doch durch Dein Erbarmen noch een bissken Glück bescher'n?
Det se nich noch mehr entbehr'n...?
Du kiekst runta von Dein Kreuze mitten in mein Herze rin,
weil De weesst, det ick noch imma so ein bissken jläubich bin.
Und nun willste, det ick jehe und nach alte Leute sehe
Und se helfe, froh zu sein – nich nur durch Dein Wort allein –,
nee, ooch Taten willste sehen, jedenfalls det denk ick mir,
wird schon noch durch mir jeschehen,
wenn't nich jeht, dann saar ick's Dir.
Lieba Jott, jetz jeh ick wieda, untaweechs, da sing ick Lieda,
det De weest, bei Dir is schön, so, mach's jut – uff Wiedasehn!

„Damit dit aber nich zu sentimental wurde, hab ick danach 'n typischen Berliner Witz erzählt. Und der jing so:

Am Straßenrand steht een Passant und ruft een Taxi. Die Droschke rauscht ran und stoppt. Fracht der Fahrer:

„Na, Männekin, wo sollt denn hinjehn?"

Sacht der Fahrjast:

„Fahr'n se mir, wohin se wolln. Ick werd überall jebraucht."

Jonas Fenske als Torwart im Einsatz beim FC Staaken.

2003

Da Marion Schichtarbeit im Waldkrankenhaus verrichtete, fuhren Christel und ich manchmal zum „Bubenhaus", um die Jungs morgens vor der Schule zu versorgen. Spontane Äußerungen ließen uns dann mehr als schmunzeln. So sagte Jonas eines Tages:

„Ich bin gerne bei Oma und Opa Luja, die sind nicht so streng und können nicht so laut schreien, weil sie schon so alt sind."

Jonas spielte inzwischen im Verein Fußball beim SC Staaken in der Mini-Mannschaft. Mit Talent und Fleiß hatte er sich nach und nach den Torwartsposten erkämpft. Zu den Heimspielen seines Teams begleitete ich ihn öfter und gab auch schon mal aus meiner früheren Erfahrung als Fußballer einige Tipps an Jonny weiter.

Dass sich der Bedarf meiner Gesunderhaltung zunehmend vermehrte, merkte ich an den notwendigen Arztbesuchen. Als Ergänzung fuhren Christel und ich öfters nach Franzensbad in die Tschechei zu einer Kurbehandlung. Hier, in diesem kleinen, ruhigen Städtchen, fühlten wir uns immer sehr wohl. Im Hotel „Monti" bekamen wir alle gewünschten Behandlungen innerhalb des Hauses angeboten. Um dorthin zu gelangen, fuhren wir von Berlin die A9 südwärts, dann den ersten Abzweig links und nach vier Stunden waren wir am Ziel unserer Wünsche angelangt.

Im September machten wir eine außergewöhnliche „Dampferfahrt", wo uns Katja und ihr Freund Ralf begleiteten. Von Berlin flogen wir mit einer russischen Airline in Richtung Osteuropa bis Kiew. Der Speiseservice auf diesem Transporter war etwas gewöhnungsbedürftig. Es wurden in Papptellern gereicht: Kalte Pellkartoffeln und eine kalte Bratwurst, dazu etwas Gemüse und als Getränk Wasser. Was wollte man da mehr? Die Hauptsache war, dass wir wieder heil auf der Erde landeten. Und dann starteten wir mit dem Schiff „General Lavrilenkov" auf dem gewaltigen Dnjepr. Manchmal war dieser Fluss so breit, dass man die Ufer fast nicht sehen konnte. Es ging dann südwärts bis ins Schwarze Meer über Odessa nach Jalta. Hier besichtigten wir in dem historischen Gebäude den runden Tisch, wo 1945 von Roosevelt, Churchill und Stalin Deutschland neu aufgeteilt wurde. Die Rückfahrt gen Norden bescherte uns noch viele nachhaltige Erlebnisse, auch bei den dortigen einheimischen Ukrainern in einem Fischerdorf. Am letzten Abend landeten wir wieder in der Drei-Millionenstadt Kiew. Christel und ich machten noch einen abendlichen Bummel durch das Lichtermeer dieser Metropole. Plötzlich fragte mich jemand auf der Straße:

„Ronald, bist du es?" Es war Lonja mit seiner Frau, ein gläubiger Bruder, der in Elstal geholfen hatte, unsere baptistische Fachhochschule mit aufzubauen. So standen diese beiden Geschwister vor uns und wir freuten uns gemeinsam über das Wiedersehen. – „Tja, wat is die Welt so scheen und doch so kleen!"

Ein zweites Wunder folgte am nächsten Tag vor dem Rückflug am Airport. Unsere Familie, also Christel, Katja, Ralf und ich, kamen in dem völlig chaotischen Menschengedränge von der Reisegruppe ab und wussten nicht mehr weiter. Wie aus dem Nichts stand plötzlich ein Riese von einem Mann vor uns, nahm uns an die Hand und führte uns durch die Massen zum richtigen Abfertigungsschalter. Ohne seine Hilfe hätten wir diesen Weg niemals gefunden! – Es schien, als hätte uns ein Engel aus dieser Panik die richtige Richtung gezeigt.

In einem Lied heißt es: „Man müsste nochmal 20 sein". Stattdessen wurde ich in diesem Jahr 70 Jahre alt. Meinen Jubeltag feierten wir mit der Familie und den Freunden in den Räumen der „Botschaft" der Gemeinde. Marion und Katja richteten mir eine wunderschöne Feier aus. Mit Live-Musik und Gesang von Sabine Schmidt mit Pianisten und einem tollen Varieté-Programm wurde die ganze Gesellschaft auf das Beste unterhalten.

2004

Ohnehin war unsere Familie immer eng verbunden mit der Gemeinde. Einerseits war der sonntägliche Gottesdienstbesuch für uns eine Gewohnheit, die auch etwas mit Pflichtbewusstsein zu tun hatte. Andererseits genossen wir, dass wir dort eine geistige Heimat gefunden hatten. Deshalb war es für jeden von uns auch selbstverständlich, sich mit seinen Begabungen in der Gemeinde einzubringen. Sei es beim Baueinsatz im Begegnungszentrum Falkenhagener Feld, sei es in der Sonntagsschule oder bei der Gestaltung des Schaukastens. Was uns aber einte, war der Gesang. So waren Christel, Marion und ich zur gleichen Zeit im gemischten Chor – alleine Christel versah diesen Dienst über 55 Jahre! Und auch Katja engagiert sich heute im Musikteam, das jeden Sonntag den Gottesdienst begleitet.

Besonders groß war unsere Freude, wenn wir aus dem Urlaub zurück das erste Mal wieder einen Gottesdienst besuchten. Die Sonne scheint vormittags genauso in den Raum hinein, dass die bunten Fenster voll zur Wirkung kommen. Das Licht fällt diagonal von oben nach unten und zeichnet genau einen Sonnenstrahl nach. Gelb, rot, blau, lila – die Farben spiegeln sich in allen Nuancen. Dadurch entsteht immer eine besonders warme Atmosphäre in dem Raum, die sich schnell auf den Betrachter überträgt.

Aber nicht nur das macht unsere Verbundenheit aus. Auch der Umgang mit den Gemeindegeschwistern ist uns wichtig. Hier in der Gemeinde treffen wir Menschen aus allen sozialen Schichten. Nicht jeder hat die gleiche Wellenlänge wie wir, und doch ist es schön, diese bunte Mischung zu haben. Arm, reich, dick, dünn, jung, alt. – Was uns zusammenhält ist der Glaube an Jesus Christus. Und dieser Glaube lässt uns den anderen auch mit seinen Schwächen annehmen.

Auch in unserer Familie gibt es natürlich Unterschiede, trotzdem merken wir immer wieder, dass wir uns in vielen Dingen ähnlich sind. So lachen wir morgens gemeinsam am Frühstückstisch über Loriotwitze und gestikulieren wild mit den Händen. Solange, bis ich warnend rufe: „Komm nich jegen die Wand!"

„Dit Janze war ja een Teil vonna Meesterprüfung, praktischer Teil", fang ich an zu schwärmen.

„Die Wand is dit Prunkstück in unsre Wohnung. Dreimal in dreißich Jahrn hab ick dit Ding erneuert. Und wehe, da fasst eener an! Dit Motiv war ja 'n Schmuckteil überm Kamin von eenem Jugendraum. Ne symmetrische Darstellung, mit Rauten in jedämpften roten, grünen und jelben Tönen. Dit wichtichste sind die Rauten. Symmetrische Rauten." Dass es keine Rauten waren, sondern Trapeze, hat Katja ihrem Vater nie gesagt…

2005

Seit Anfang des Jahres suchte ich Gottes Nähe, um sein Reden und Tun besser verstehen zu lernen. Die Gemeinde hatte eine Gebetsstunde eingerichtet, die ich regelmäßig besuchte. Es war erbauend, durch gemeinsames Beten für die Anliegen der Gemeinde zu bitten und darüber hinaus Gott zu loben und zu danken. Zum engeren Gebetskreis gehörten unter anderem Hildegard Buss, Günter Reinsch, Jörn Maatz und ich.

Auch ein Nachbar aus dem Oldesloer Weg, kam seit einiger Zeit zu den Gottesdiensten in die Gemeinde. Trotzdem fand er noch nicht zum Glauben. Aber ich sagte mir: „Gottes Mühlen mahlen langsam." So liegt der Schluss nahe, den Interessierten das Evangelium so gut es geht zu erklären und dann nur noch für den Betreffenden zu beten. Und so Gott will, wird dessen Herz sich öffnen.

Zur Erholung fuhren wir im Sommer das dritte Mal nach Franzensbad. Dieses kleine Kurstädtchen war jedes Mal ein angenehmer Aufenthalt. Helga und Siegfried Gebauer begleiteten uns in die Tschechei, um sich auch einmal ausgiebig verwöhnen zu lassen. Siegfried kannte ich nun schon fast sechzig Jahre und so lag es nahe, dass ich wieder mal den Versuch unternahm, meinem Jugendfreund Gott nahe zu bringen. Am Ende unserer Unterhaltung meinte mein alter Kumpel, er sähe den Sinn des Lebens darin, „materielle Werte zu schaffen". Zu meiner Auffassung lagen da natürlich Welten dazwischen.

Obwohl Christel und ich noch nie den Sinn des Lebens in materiellen Dingen gesehen hatten, mussten wir leider trotzdem eine schmerzliche Erfahrung machen. Durch Aktienstürze verloren auch wir Geld in Fondsanlagen. Aufgrund dieser Marktwirtschaftsveränderungen verkauften wir etliche Anteile und merkten, dass die Bank uns sehr schlecht beraten hatte. Gleichzeitig fiel ein zusätzliches Einkommen weg, da die Firma Maschu, mit der ich einen Konzessionsvertrag hatte, im Dezember Insolvenz anmelden musste. Glücklicherweise hat uns der finanzielle Verlust nicht die Lebensfreude genommen. Denn wir erkannten, dass dies nichts war im Vergleich zu dem, was sonst in der Welt geschah: In Asien das Tsunami-Unglück, in Amerika zwei Hochwasser in New Orleans, im Himalaya große Erdbeben, in China ein durch Chemie vergifteter Fluss und in England explodierende große Erdölvorratslager. In den vergangenen Jahren war es uns immer gut gegangen. Dafür war ich Gott dankbar.

2006

Burkhardt Fischer erzählte mir von einem Kloster, das man als Gast besuchen kann. Dieser Bruder aus der Gemeinde machte mich so neugierig, dass ich ihn bat, mich in diesem Jahr einmal mitzunehmen. Ich entschied mich, für eine Woche ins Kapuzinerkloster Stühlingen in der Nähe von Schaffhausen am Bodensee zu gehen. Dieses Haus bewohnten fünf Mönche und drei Franziskanerinnen. Dazu kamen dann die Gäste zum Mitleben. Zu unserer Zeit waren es fünf Personen. Der Titel dieses Aufenthaltes hätte heißen können: „Bete und arbeite". Es wurden uns dort meditative Übungen empfohlen, am vorletzten Tag sollten wir beispielsweise fasten und schweigen. Eine weitere Anregung lautete, einen Brief an Gott zu verfassen und seine Antwort an uns zu formulieren.

Es wirkte geradezu paradox: Im Gegensatz zu ihrer einfachen Lebensweise waren diese Klosterbewohner auf dem letzten technischen Stand. Außerdem hatten fast alle ein umfassendes Allgemeinwissen. Medizinisch, ernährungswissenschaftlich oder künstlerisch-musisch offenbarten sie beim freizeitlichen Gespräch unterschiedliche Begabungen. So war ich ein um das andere Mal überrascht, in diesem Haus weltliche Dinge neu zu betrachten. Die Gastgeber waren humorvoll und verstanden auch gut zu essen und zu trinken, ohne zu prassen. Für den Küchendienst waren alle „Mitesser" im Wechsel verpflichtet. Am Nachhaltigsten ist mir die absolute Stille im und um das Kloster haften geblieben. Von dem Blick aus meinem kleinen, bescheidenen Zimmer in den sternenklaren Nachthimmel zerrte ich noch lange.

„Was ist dir denn da im Kloster durch den Kopf gegangen?", fragte Katja neugierig.

Ich versuchte, mich in die Zeit zurückzuversetzen und sagte schließlich. „Ick hab über meen Leben nachjedacht und da kam mir der Jedanke, dass ick dit allet uffschreiben muss. Ick hatte dit Bedürfnis, meen Leben für meene Familie festzuhalten, damit se später wat zu lesen hamm. Und damit Jott ooch wat zu lesen hat, hab ick ihm ooch 'n Brief jeschrieben. – Und stell dir vor: Er hat mir sojar jeantwortet!"

Gebet an Gott

Berlin, 16. Oktober 2006

Du allmächtiger, liebender Gott,

ich bin dankbar, dass du mich geboren hast. So darf ich schon 73 Jahre die Welt bestaunen und Teil deiner Schöpfung sein. In dieser Zeit jetzt schreibe ich mein Leben auf.

Bis zum vierten Jahr meiner Kindheit reichen die Erinnerungen und mir fällt ein, dass ich schon so früh deine bewahrende Hand erfahren habe, als ich unter einem Auto lag. Die Kriegs- und Nachkriegsjahre brachten aber auch viel Traurigkeiten, weil der Vater Soldat war und Mutter mit uns drei Jungen in den Wirren der Zeit mitten im Bombenhagel auf der Landstraße herumirrte. Hinterher erst merkte ich, wie du die ganze Familie vor Unheil bewahrt hast.

Im Mannesalter gabst du mir eine gläubige Frau an die Seite. Zwei Mädchen wurden uns geboren, die auch den Herrn Jesus als Erlöser annahmen. Dann kamen zwei Enkel dazu. Seit 50 Jahren sind mein Weib und ich glücklich zusammen. Als erwachsener Familienvater schenktest du mir die Erlösung durch deine Gnade zum Glauben an deinen Sohn Jesus. Weil ich dir in der Gemeinde dienen kann, mit den vielen Talenten, die du mir gabst, bin ich sehr glücklich.

Mein Wunsch ist es, in der kommenden Woche herauszufinden, wer ich bin. Im Kloster habe ich vielleicht die Möglichkeit, Jesus Christus näher zu kommen.

Dein Ronald

Antwort an Ronny

An Ronald.

Mein Kind, ich habe dich geschaffen, denn mit einem Gedanken an dich bist du geworden, wie du bist. Du hattest Eltern, die dich großgezogen. In einer Zeit dieser Welt warst du mit deinen Brüdern geborgen und immer bewahrt.

Von Anfang an legte ich in dein Herz den Samenkorn der Sehnsucht nach mir, deinem göttlichen Vater. Ich habe dich geschaffen, damit dieses Verlangen in deinem Innern sich zu einer konkreten Sehnsucht entwickelt. Mit deiner angeborenen Kontaktfreudigkeit findest du schnell zu anderen Menschen. So gab ich dir eine gläubige Frau an die Seite.

Aber ich habe schon so oft zu dir geredet und du hast es nicht gemerkt. Übe Geduld und höre besser zu, was ICH sage, auch durch andere Menschen. In der Liebe zu ihnen lernst du das Vergeben von Ungerechtigkeit und Selbstherrlichkeit. Du hast die Wahl, durch dein Erdenleben dein ewiges Leben vorzubereiten. Ich werde dich durch den heiligen Geist daran erinnern, was du noch tun kannst. Du hast meinen Sohn Jesus als deinen Erlöser angenommen und inneren Frieden gefunden.

Es würde mich freuen, wenn du mit deinen Gaben noch vielen Menschen von meiner Existenz erzählst und sie zu einer Entscheidung für Jesus bringst.

Dein Schöpfer Gott

2007

Schon seit einigen Jahren treffen wir uns mit ehemaligen Klassenkameraden der Klasse 9 V aus der Steinschule in der Kneipe „Alt-Spandau" in der Moritzstraße. Bei einem dieser Treffen kamen nur noch acht Ehemalige. Und so wird die verbleibende Gruppe immer kleiner werden. In diesem Jahr gab ich uns den Namen „Die Glorreichen der 9 V" und seitdem stelle ich zu jedem Wiedersehen unseren Wimpel als erstes auf den Tisch.

Eine andere Art von Treffen gründeten wir in der Gemeinde: die „Männerrunde": Jörn Maatz, Wolfram Dirks, Veit Srutek, Ulrich Martens, Michael Gärtner und ich trafen uns zum Austausch ein bis zwei Mal im Monat. Um nicht nur ein Debattierclub zu sein, machten wir es uns zur Aufgabe, kranke und einsame Geschwister zu besuchen oder für sie zu beten.

Zunehmend merkte ich, wenn ich meine Tagesabläufe und Planungen dem HERRN überließ, dass diese Art der Programmgestaltung mir viel besser bekam und mir dienlicher war. In Zukunft sollte sein Wille für mich maßgebend sein. Selbst, wenn ich als Nachfolger Jesu Christi meine Maxime so umsetzte, waren doch immer wieder Neuanfänge nötig. Das Buch „Expedition zum Ich" von Klaus Douglass und Fabian Vogt weckte mein Bewusstsein, über mich selbst nachzudenken. Ein zweites Buch von Rick Warren mit dem Titel „Leben mit Visionen" regte zusätzlich meinen geistlichen Hunger an. Derzeit waren meine Gebetsanliegen: Segen für Christel und die ganze Familie sowie alle Kranken um mich herum, besonders, die seelisch kaputt waren. Ein ehemaliger Arbeitskollege lag mir auch am Herzen. So hoffte ich, dass dieser Freund noch Jesus als seinen Erretter annehmen würde.

Mit zunehmendem Alter erfahre ich so etwas wie Weisheit. Zwar tröpfchenweise, aber systematisch. Ich wünsche mir, meine Erfahrung bei passender Gelegenheit einmal meinen Enkeln Felix und Jonas erzählen zu können. Diese Gedanken betreffen in erster Linie Gottes Führungen, durch die ich den Sinn des Lebens erkannt habe. Aber auch jetzt, mit 74 Jahren, fällt es mir immer noch schwer, Menschen mit einem komplizierten Charakter zu akzeptieren. Diskussionen mit solchen Mitbürgern waren für mich ein anstrengender Lernprozess. In dieser Phase half mir der HERR immer wieder durch sein Vorbild. Ich merkte, dass nicht ich als Mensch die anderen durch endlose Gespräche korrigieren kann, sondern diese nur durch Gebete zum HERRN zu verändern sind.

2008

Alles hat seine Zeit. Erst recht unser Leben. Man kann es vergleichen mit einem Zollstock als Maß für die Länge des Lebens. Geboren in eine Familie hinein, welch ein Segen! Kind sein, erwachsen werden und mit des HERRN Jesu Hilfe sein Leben gestalten. Ich bin dankbar, dass ich noch in meiner Lebensmitte Gott erkannt habe. Jedes Buch hat eine letzte Seite und wie es weitergeht, das weiß nur der Herrgott...

Danksagung

Gedicht „*Lieba Jott, bei Dir is schön*" mit freundlicher
Genehmigung von Kurt Steinkrauß aus „*Berliner Kurzgedichte*".